文庫

別子太平記 上

愛媛新居浜別子銅山物語

井川香四郎

徳間書店

目次

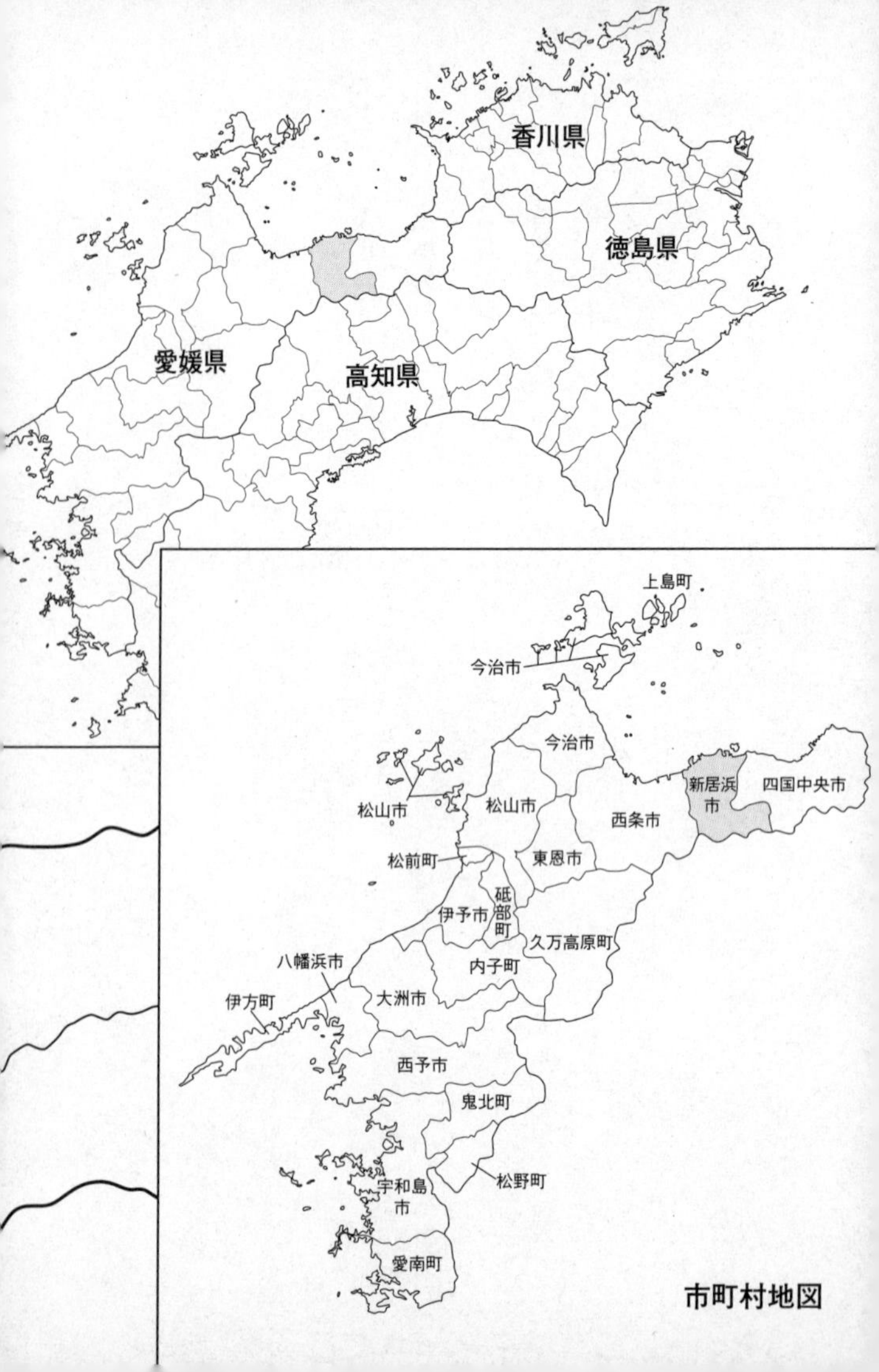
香川県
徳島県
愛媛県
高知県
上島町
今治市
今治市
松山市
松山市
新居浜市
四国中央市
西条市
松前町
東恩市
砥部町
伊予市
久万高原町
八幡浜市
内子町
伊方町
大洲市
西予市
鬼北町
松野町
宇和島市
愛南町
市町村地図

現在の新居浜市

燧灘
大島
新居浜港
予讃線
たきはま
にいはま
讃山街道
別子温泉
大永山
西赤石山
東赤石山
新居浜市
別子銅山跡
銅山川
別子山
平家平

天正の陣

一

「霧の中一《ひ》とかたまりの霧通る」

新居浜《にいはま》の俳人・中川青野子《なかがわせいやし》の句である。

屏風《びょうぶ》のようにそそり立つ四国山脈と瀬戸内海に面した〝新居《にい》〟一帯は、山颪《やまおろし》と海風がぶつかって、白濁した霧が重く広がるときがある。山肌からも、海面からも、茫《ぼう》洋《よう》と湧き上がってくる霧の中を、さらに別の塊《かたまり》の霧が、まるで生き物のように動く。

その様は、凛《りん》と背筋を伸ばしたくなる自然の驚異であり、見る者は精神を研ぎ澄まされる思いになる。得体の知れないものに立ち向かって、昂《たか》ぶる気持ちも湧いてくる。

まさに――金子備後守元宅《かねこびんごのかみもといえ》の心情を表しているような霧の塊であった。

六尺三寸の身の丈で、三十七貫目という巨漢であるが、その面差《おもざ》しは穏やかである。色白の肌は甲冑《かっちゅう》で隠れているが、床几《しょうぎ》に座って眼下を睥睨《へいげい》している姿は、戦国武将としての気迫に満ち溢れていた。

兜《かぶと》の前立は三日月で、金子家の家紋である〝三つ蜻蛉《とんぼ》紋〟が燦《きら》めいている。前夜から一睡もしていない。だが、疲れた様子などまったくなく、むしろ体全体から湯気が立ち上っているようであった。

霧の塊は、ここ金子山の頂上にある本丸御殿の天守にも漂ってきた。湿った森の樹々の匂いが広がっているが、微かに潮の香りも混じっている。

時は、天正十三年（一五八五）七月。

織田信長が本能寺の変にて憤死してから、わずか三年の間に、羽柴秀吉は天下人への階段を一気に駆け上っていた。中国の毛利《もうり》を掌中に収めたものの、四国統一を目指す長曽我部《ちょうそかべ》とは和睦には至らず、全面戦争に至る寸前まできていた。

その長曽我部方の最前線が、新居郡の金子城となったのだ。

金子氏とは、桓武平氏《かんむへいし》の一派である武蔵《むさし》七党のひとつ、村山党・平頼任《たいらのよりとお》を祖とする一族である。南北朝時代から戦国にかけて、関東管領の上杉家の家臣となり、後に北条《ほうじょう》家に仕えた。

その一族である金子広家が、建長年間に、ここ伊予国新居郡の領地に移り住み、国領川《こくりょうがわ》が流れる扇状地である沃野を見下ろす山に、四層の天守を擁する堅牢な金子城を築いた。そして、この地を金子と呼ぶようになったのである。

元々、新居から土居に至る瀬戸内海の燧灘《ひうちなだ》に面した一帯は、伊予の豪族河野氏と讃岐《さぬき》の細川氏が領地の争奪戦を繰り返していた〝要衝地〟である。だが、足利《あしかが》将軍家による和睦が成立してから、金子氏は讃岐細川氏に属する武将として仕えていた。

その後も、河野氏と細川氏は複雑な関係にあった。細川氏の付家老であった石川氏が、河野予州家の高峠城《たかとうげじょう》に入ったことから、実質は新居と宇摩《うま》を支配することになり、やがて城主となる。

金子氏はそれを支える立場であった。石川氏は河野予州家とは、阿波の三好《みよし》氏を後ろ盾に対立を深め、実権を握るのだが、戦国時代は下剋上の世である。幾多の紛争で疲弊する石川氏に成り代わって、金子氏が台頭したのだった。

折しも、土佐国の長曽我部元親《もとちか》が四国制覇をする勢いが増していた頃には、石川氏のかつての権威は失墜し、金子備後守元宅が、新居・宇摩の領主になっていた。

ところが、それも束の間の夢……羽柴秀吉が、三万の大軍を駆り立てて、四国平定のために、この要衝地を攻めてきたのだ。

「──まさに悪夢じゃ……」

金子備後守はそう呟《つぶや》くしかなかった。

これまで、間違ったことは何ひとつしておらぬ。先祖がこの地に来てから、ただただ三百三十年、民百姓とともに平穏無事な暮らしの安堵《あんど》を心がけてきただけのことである。

猛将と呼ばれるほど、大きな体つきであり、武芸にも人一倍秀でていたが、武力に物を言わせて戦ったことは数少ない。小国ならではの智恵と仁徳をもって、周辺の戦国大名とは親睦に努めていた。

いわば全方位外交である。土佐国の長曽我部氏はもとより、阿波の三好氏とは婚姻や人質の交換などで縁を結び、中国の小早川隆景《こばやかわたかかげ》や伊予の河野道直とは、お互い人として肝胆《かんたん》相照らす仲であった。その上、長曽我部と河野、さらには小早川との間を取り持ち、〝同盟〟すら結んでいたのである。

──新居に、この人あり。

と言われるほど、金子備後守は好人物だったのだ。

もっとも人の好さは、侮《あなど》られることにもなりかねぬ。だが、金子備後守に限っては、まったく逆であった。長曽我部元親や三好長慶《ながよし》らはもとより、

――秀吉が最も恐れた武将。

だったのである。

それゆえ、高々、二千数百の兵しかおらぬ金子備後守を、三万もの兵で叩き潰《つぶ》しに来ているのである。にも拘《かか》わらず、総攻撃が始まってから十日余り、点在する砦での幾多の合戦を寡兵で乗り切り、金子側は踏ん張りに踏ん張って、一進一退が続いていた。

深い朝霧はまだ晴れないが、静寂を打ち破る家臣の声が響いた。

「殿！　殿！　一大事でござる！　岡崎城が落とされました！」

岡崎城とは、金子城とは国領川を挟んで反対の郷山《ごうやま》にある城だ。城主の藤田山城守自身が、数人の家臣を従えて、滝の宮口から金子山の天守まで、急ぎ馳せ参じたのである。戦況の報《しら》せであるが、いずれも既に弓矢を受け、鉄砲に被弾しており、藤田山城守は全身血だらけで瀕死の状態であった。

「山城守。しっかりせよ」

迎え出た金子備後守は、大きな体で藤田を支えるように励ました。

「無念でござる……小早川隆景の軍勢は三万と聞き及んでおります……我らが寡兵では、到底、太刀《たち》打ちできませぬ」

藤田は元々は、伊予新居の根城というべき西条神戸《さいじょうかんべ》・高峠城の石川氏の麾下《きか》にあった猛者《もさ》で、郷山の岡崎城を築いた豪族だ。上泉川《かみいずみがわ》、下泉川《しもいずみがわ》、船木《ふなき》、角野《すみの》、庄内《しょうない》など三千石を支配下に置いていた。金子ほどではないが巨漢であり、長曽我部家から〝伊予七人衆〟と呼ばれたひとりである。

その猛者が、諦めとも取れる泣き言を漏らした。居城が敵襲によって燃え上がってしまい、家来が打ち倒れてしまえば、当然のことであろう。

それほど、小早川隆景を総大将とする攻撃は凄《すさ》まじかった。瀬戸内海に面する沢津や垣生湾から宇高に上陸し、垣生、郷、庄内などに点在する城や砦を次々と占拠していったのである。さらには神社仏閣までもが灰燼《かいじん》となり、稲穂や麦が実る田畑ですら焼け野原になっていた。

神社仏閣が焼き討ちにされたのには訳がある。金子備後守は〝一領具足〟といって、日頃から、百姓や漁師たちにも武芸を奨励していた。ゆえに、ひとたび合戦となれば、兵士として俊敏に駆けつけた。喧嘩剣法ではあったが、肝が据わった強靱《きょうじん》な連中ばかりだから、寄せ集めの足軽とは比べものにならぬほど強かった。

しかも、夜陰に紛れて敵陣を急襲する策略にも長《た》けており、あっという間に、小早川勢の兵卒たちは殺《や》られてしまった。特に先発隊である斥候などは、次々と襲われたのである。

いわば野武士や忍びのような働きをする〝民兵〟を、小早川側は恐れた。金子備後守の兵はわずか二千六百といえども、百姓や漁師たちによって、その何倍にも兵が増えるも同然であったからだ。

その上、少数でもって、敵に背中を向けて逃げると見せかけて、伏兵が横や後ろから攻める〝釣り野伏せ〟が得意だった。わずか百人で、千五百人を討ち取る戦法も、よく鍛錬されていた。

それゆえ、小早川は〝民兵〟が集まり、身を隠す神社仏閣を焼き払って丸裸にし、野戦をせざるを得ない状況にしたのである。その戦法は徐々に効き目が広がり、扇状地に点在する幾つもの城や砦が、怒濤《どとう》のように押し寄せる莫大な数の兵に襲われていったのだ。

「――かくなる上は、殿ッ。新居・宇摩の軍勢をすべて、この金子城に集め、籠城戦に持ち込むべきかと存じまする」

藤田が進言するまでもなく、金子備後守もその覚悟はしていた。

金子城は高台にある堅牢不抜といわれた城である。一帯を見晴らすことができるだけではなく、周りには大きな湿地帯や池があり、自然の要塞となっている。

しかも、谷が入り込み、壁面は急峻であり、幾重にも濠や空堀、戦《いくさ》のための垣根や杭、一間《けん》半もの高さの柵や土嚢《どのう》で取り囲まれていた。本丸、二ノ丸、三ノ丸の他に幾つもの櫓《やぐら》があり、数々ある門にも、敵兵が足を取られる仕掛けを施していた。元々、地形を巧みに利用した曲輪《くるわ》をいくつも連ねた多重に防御する造りになっており、何度も折り曲げた鉤門《かぎもん》には、横矢を掛けまくることができる。

——決して、落ちない。

という自信が、金子備後守にはあった。

その間に、長曽我部軍と河野軍が駆けつけてくれれば、陸戦では必勝態勢を組むことができる。籠城は決死の覚悟ではあるが、落城を意味しない。勝機を見つけることが、金子備後守の揺るがらざる務めであった。

だが、その決心が鈍る情景が広がった。

ゆっくりと霧の塊が天守の上を通り抜け、二重三重《ふたえみえ》と塞《ふさ》いでいた厚い壁が取れたように、一瞬、視界が開けた。

「おおッ……！」

金子備後守のみならず、誰もが驚嘆の声を漏らした。

眼下の青々とした海面を埋め尽くすほどの船団が、沿岸の隅から隅まで迫ってきている。関船《せきぶね》とそれを囲むように小早《こはや》が、一団となっており、まさに巨大な塊のようにも見えた。

関船とは櫓の数が四十挺以上ある大船のことをいい、四十挺以下の小廻りがきくものを小早という。関船の図体は大きいが、細長くて帆足も速い軍船である。その他に、大将が乗る安宅《あたか》船、表御座船、床几船、斥候船、畳船、兵糧船などが無数に広がっている。

いずれの船にも、小早川家の〃一文字三ツ星〃の赤旗、そして、吉川《きっかわ》家の〃白黒段々三引両《みつひきりょう》〃の旗がたなびいている。その壮観な船影は、敵ながら天晴《あっぱ》れと金子備後守は感じていた。

小早川と吉川は、名将毛利元就《もとなり》の子供たちが立てた一家で、毛利両川《りょうせん》と称されるほど結束が固い。当主の毛利輝元を支えて、村上水軍や塩飽《しわく》水軍を配下にし、大坂の石山本願寺の救援に際しては、織田信長の軍勢を打ち破った実績もある。それが一気呵成《かせい》に攻めてきたのである。

まさに足下とも言える、海岸から目と鼻の先にある御代島《みよしま》には、小早川と吉川の軍旗が無数、はためいていたが、不気味なほど静かであった。だが、無言の威圧がある。

その様子を目《ま》の当たりにした金子備後守が、深い溜息《ためいき》をつくと、傍《かたわ》らに控えていた

弟の元春は歯ぎしりをしながら、

「さてもさても、黒川めには、腸《はらわた》が煮えくり返るわいッ。のう、兄じゃ」

と拳《こぶし》を床に打ちつけた。

西条の丸山城城主である黒川広隆は、まったく戦うことなく、あっさりと降伏した挙げ句、金子備後守を攻める先導役まで買って出ていたのである。丸山城とは、金子氏にとって重要な高尾城の支城ゆえ、謀反《むほん》とも言えた。

「言うな、元春……裏切りは戦国の常。強い者に靡《なび》いてしまうのも、人の情けというものじゃ。恨み言よりも、次の一手だ」

「しかし……」

元春も兄ほどではないが、屈強な体つきである。甲冑が張り裂けんばかりに、全身を揺らしながら悔しがった。

「控えろ、元春……直《ただ》ちに評定を開くゆえ、重臣たちを二ノ丸へ」

と金子備後守は命じ、藤田たちを介抱することも気遣った。

霧は晴れたかに見えたが、すぐに鈍色《にびいろ》の塊となって舞い戻り、盛り繁った山ごと金子城を包み込むのであった。

二

主立った重臣を集めて、最後の戦評定を始めた金子備後守からは、先程までの熱気のこもった気迫は薄れ、いつもの穏やかな優しい目に変わっていた。

各曲輪や櫓を預かる侍大将の顔もあった。その中には――後の別子銅山にも関わる真鍋義弘《よしひろ》、近藤保馬《やすま》、黒瀬明光《あきみつ》の三人の若武者もいた。

「皆の者も承知のとおり、いずれ黒川広隆が案内役として、この金子山の山頂までも小早川と吉川の軍勢が押し寄せて来よう」

「殿ッ。まずは黒川めを！」

重臣のひとりが気勢を上げたが、金子備後守は物静かなまま制して、

「腹心の裏切りで我々が浮き足立つのも、小早川殿の謀略のひとつであろう。これもまた余の不明であった。すまぬ」

と謝ってから、もう一度、一同を見廻しながら、はっきりと言った。

「羽柴秀吉が下した命により、この新居が三万の兵に取り囲まれておる。もはや天下人である秀吉が、そこまで力を投じてくれるとは名誉なことよ。だが、我らはわずか

二千六百余り、万に一つの勝ち目はない」

事実、秀吉に真っ向から逆らった長曽我部元親も三好長慶も幾多の合戦にて辛酸を舐《な》め、敗走している。もし態勢を立て直すことができるとしたら、金子城がこの新居・宇摩を死守するしかないのだ。

さすれば、長曽我部からの援軍も期待ができるが、すでに土佐から応援に駆けつけてきた立花新兵衛ら二百騎も、滝の宮地蔵堂にて、田所城主の小野上野守とともに憤死している。

緊張が走る家臣群を前に、金子備後守は穏やかな声で続けた。

「黒川とて城を明け渡したのも、人質を差し出しての苦渋の決断であったろう。各々《おのおの》方もしかり。妻子を捨てがたいのは人情ゆえ、重々、承知できることじゃ」

金子備後守もまた息子や娘を、長曽我部への人質としてではあるが、この合戦から遠ざけるために、土佐へ逃がしている。

「まだ遅くはない。無駄死にはひとりでも減らしたい。親兄弟のため、妻子のため、この城から出て、縁者を頼ってゆくがよい。縁者がおらぬなら、余が何とかする」

「と、殿……」

誰かが、たまらず嗚咽《おえつ》した。

「案ずるな。この備後守元宅、いささかも恨みはせぬぞ」

悲痛な表情ではない。むしろ仏のような穏やかな顔である。だが、その心の裡《うち》には孤軍奮闘どころか、我が身ひとつで戦う強い意思すら感じられた。

「──なにをおっしゃいまするか。殿の情けないお言葉、拙者は腸が煮えくり返りましたぞ」

ズイと膝を進めて出たのは、家老の三島源蔵であった。先代から仕える老臣であるが、濃い眉毛《まゆげ》といい、出っ張った顎《あご》といい、いかにも頑固者らしい武士だった。

「殿が長年、温かい心で我ら臣下をお守り下さったからこそ、領国を保つことができ、民百姓が平穏に暮らせてきたのでござる。その殿が一生に一度の危難に陥ったときに、命を惜しんで逃げ出す者など、ここには一人《いちにん》たりともおりませぬッ」

「…………」

「敵が何千、何万おろうとも、勝負は時の運。日頃より厳しい鍛錬をしておるゆえ、いささかも動じておりませぬ。なにより、領民たちの気概が、この山頂まで伝わって来るではありませぬか」

「源蔵……」

「臣下を思いやる殿のお気持ちは百も承知ですが、あまりにも女々しゅうござる。前言を取り下げ、発破をかけて下され！」

三島が声を強めると、他の諸将たちも口々に決死の覚悟があると声をかけた。義よりも命を重んじる者は誰ひとりいない。武士として恥じるような死に様はしないと、覇気をもって述べたのだ。

重臣たちの真意を得た金子備後守は、胸に響く声を今一度、噛《か》みしめて、

「各々方。よくぞ申してくれた。もはや寸分たりとも迷いはない。この蜻蛉の如《ごと》く、前に突き進むまでだ」

と兜の家紋を指した。

三つ蜻蛉紋――三匹の蜻蛉が頭を向け合って肩を組んでいるような紋様だ。

蜻蛉は後ろに下がることなく、前にしか進まぬから、武士には縁起の良いものであった。この〝三つ蜻蛉紋〟は一族の固い結束を表したものである。

金子備後守は改めて、重臣たちの面々をみつめながら、力強く頷《うなず》いた。

その日――。

ようやく霧が薄らいだ頃、小早川隆景の使者が、金子城に訪れてきた。勧降書《かんこうしょ》を持参してのことだった。

合戦の最中であっても、戦陣作法に従って、使者は受け入れることになっている。

その身分も旗本軍奉行《いくさ》や武者奉行らが、総大将の代参として来ることもある。隷下の諸隊や敵方に主君の命令を伝達する使番《つかいばん》とは違う。本陣や軍隊に対して指揮を取る立場の武将である。

敵陣に向かう使者は、百足《むかで》や蜘蛛《くも》、大文字などを書いた目立つ旗印を掲げているが、羽柴方は真っ赤な母衣《ほろ》を纏《まと》っていた。母衣とは元々、飛来する矢や石から身を守るためのものだったが、この母衣衆は敵と遭遇しても戦わなかった。戦時の軍使として、敵陣に来たときは、通すのが筋目であった。

危うく、金子城高築辺りで、〝民兵〟の槍《やり》に刺し殺されそうになったが、金子一族の平太夫によって止められた。そして、土佐の援軍である片岡光綱が守る金子城東口から招き入れられ、三ノ丸まで案内された。

「一別以来でございまする」

使者は、かつて今張《いまばり》において、小早川隆景と河野道直とともに会ったとき、隆景の参謀として側《そば》にいた者だった。本丸から出向いてきた金子備後守は、その顔を見て、すぐに思い出した。

「たしか、岡本兼之助《けんのすけ》殿であったな」

「覚えて頂いており、光栄に存じます。金子備後守様におかれましては、相変わらずでございまする」

御壮健で何よりでございます。主《あるじ》の小早川隆景よりも、宜《よろ》しくお伝え下されとのこと
「降伏しろ、となʔ」

穏やかな表情のまま、勧降書も受け取らずに、金子備後守はいきなり問いかけた。

「さ、さようでございます……」

岡本は言いにくそうに僅《わず》かに体を振《よじ》ったものの、意を決するように伝えた。

「小早川勢は西条の中山川、加茂川の河口、さらには船屋から上陸し、吉川勢はすでに沢津や垣生を押さえ、郷山まで迫っていることは承知していると思います。東西からの挟み撃ちとなりましょう。しかも、村上水軍の発祥の地である新居大島も、我が軍勢に加担しておりますれば、もはや……」

「伝令かたじけのうござる。されど、貴殿も察してるとおり、この城の者たちは既に、籠城を決めておる。投降はない」

「しかし、このままでは双方に死者が増えるばかりでございまする。小早川様は何より、金子備後守様に生きていて貰いたい。そして、また楽しい酒を酌《く》み交わしたいと願っておいででございます」

「夢叶《かな》うならば、身共もそうしたい。されど……長曽我部元親様との誓約もあります

れば、武士の一分が立たぬ。義をまっとうするのが、我らが務め」

「ならば、我が主君との絆《きずな》は如何《いかが》なさるおつもりですか」

「義理と人情では、義理を立てねばな」

「しかし、肝心の長曽我部様はすでに土佐に敗走しているではありませぬか。ここで踏ん張って、さらに大きな援軍を待つおつもりでしょうが、それは無駄でございます。長曽我部様は土佐一国を安堵されることで、秀吉公には従う所存でございますぞ」

「それでもじゃ……伊予には河野道直様もおられる。断じて、この地は死守する」

「されど備後守様……河野様にも、殿は投降するようにと呼びかけております。備後守様と我が殿、そして河野様は刎頸《ふんけい》の交わりの仲ではありませぬか」

必死に訴える岡本に、傍らで聞いていた元春はフンと鼻を鳴らして、

「片腹痛いことをッ。ならば、軍勢を引いて、羽柴秀吉との間に立って仲裁をすればよかろう。命じられるままに、かような大軍で押しかけてきて、おぬしらは毛利元就様を継ぐ武将として矜持《きょうじ》というものがないのか」

と今にも摑みかからん勢いで言った。毛利元就には天下統一という気持ちはなかった。自国を守ることのみを是とし、その遺志は家訓としても残している。

「どうじゃ、岡本とやらッ」

元春がさらに語気を荒らげると、他の家臣たちも鋭い目で睨《にら》みつけた。

もとより、使番は、敵将に殺される覚悟で来ている。秀吉も後に島津《しまづ》家の勧降使をあっさり斬り殺した。これまでも同様の所行はあった。今直ちに殺されても、岡本は文句の言える立場ではなかった。

「――この城の麓《ふもと》には、池があってのう、鯉が仰山おる」

金子備後守が違う話をすると、岡本は不思議そうに見上げた。

「湧き水も豊富ゆえな、籠城には打ってつけなのだ……隆景様のお心遣いだけ、ありがたく受け取っておこう。岡本殿には、うまい鯉料理を馳走するゆえ、どうぞ食べていって下され」

金子城は深い樹木や竹藪《たけやぶ》、湿地帯に囲まれた自然の要塞というだけではない。城は如何《いか》に長い間、多くの兵を養うだけの兵糧があるかということも伝えたかったのだ。

だからといって、小早川と吉川軍が攻撃の手を緩めることはあるまい。

だが、勧降使を少しでも城に留めておくことで、敵の作戦を引き延ばすことはできる。使者の帰還を待たずして総攻撃をしたとなれば、恥を天下に見せつけるようなものだ。安国寺恵瓊《あんこくじえけい》のような僧侶が、和睦や降伏の仲裁をすることで、命を絶たれることがなかったのは、まさに戦国の作法だったのだ。

「嬉しゅうございまする……金子備後守様のお心遣い、ありがたく承りまする」

岡本が快く承知したのもまた、降伏して開城する芽が少しでもあると思ったからだ。お互い腹の探り合いはあるものの、静かに食膳を共にすることとなった。

しばしの休戦である。

三

鯉こくや刺身に、炊き込み飯などを振る舞った後、金子備後守は茶を点《た》てながら、

「秀吉様の本当の狙いを訊《き》きたい」

と岡本に尋ねた。

「――どういうことで……ございますかな？」

訝《いぶか》しそうに返す岡本に、金子備後守は微かに光らせた眼光を向けた。

「この新居・宇摩辺りは、取り立てて何もござらぬ。燧灘に面しておるゆえ、漁労は盛んだし、わずかながら塩田もあるが、貧しい漁村に過ぎぬ」

この地の多喜浜に日本で屈指の塩田ができるのは、時代が下って、享保《きょうほう》年間からである。当時は海辺に古来よりの〝揚げ浜式〟の小さなものが存在していただけだ。

「たしかに、大島は村上水軍の本拠地だったが、今や毛利家に与《くみ》する能島、因島《いんのしま》、来島衆が大きな勢力じゃ。事実、博多から難波津に至る水路も、安芸や備中、備後に沿うようにあり、ここ新居なんぞは僻地ではないか」

「四国征伐の要《かなめ》でございますれば」

「そこよ、岡本殿……」

金子備後守の目はさらに輝いて、格子の外に聳《そび》える青々とした四国山脈を指した。先刻まで漂っていた霧は薄れ、石鎚《いしづち》山脈の石鎚山、瓶ヶ森、筒上山、笹ヶ峰から、法皇山脈の東赤石山などが眺められる。

「土佐に攻め入るとしても、あの切り立った屏風のような山々を越えていかねばならぬ。それよりは、既に麾下に治めている紀州や阿波から、熊野水軍などを使って土佐に攻め入ることもできる。河野水軍を組み込めば、豊後水道から宇和島に向かって、それこそ挟み撃ちにでもできようというもの」

水軍が使う関船や弁才船が、うねりの大きな外洋向きではないことを承知した上で、金子備後守は言った。

「にも拘わらず、何故に、この地なのだ。かような小国が欲しいのだ」

「――四国のヘソ……だからでございます」

「ここを押さえたとて、交易に有益だとも思えぬがな」

「交易……」

「土佐の長曽我部、豊後《ぶんご》の大友、薩摩《さつま》の島津、奥州の伊達《だて》、越前の前田や越後の柴田など各家は言うに及ばず、尼子《あまご》一族を滅《ほろ》ぼした毛利家とていずれも外海《そとうみ》に接しており、朝鮮や明国、琉球、マカオなどと交易をして財を成してきた。それに比べて、瀬戸内にあっても、ここ新居は燧灘も深く入っており、交易とは縁がない」

戦国大名はそれぞれが勝手に異国と交易をして、蓄財していた。東南アジアは国際流通の大動脈だったのだ。

その際、有益だったのが銀である。南米のポトシや北米のサカテカスなどで銀山がスペインによって発掘されたことで、銀が〝正貨〟として世界中に流通するようになった。同じく日本にも古来より、陸奥《むつ》の金山や石見《いわみ》の銀山のように諸国で採掘がされていた。それに目をつけたポルトガルは、生糸や絹製品を交易品として、日本の金銀を吸い上げていたのである。

応仁の乱の後には、銭が不足したこともあり、銅山の開発も増え、室町時代には、勘合貿易によって、中国や朝鮮に輸出するまでになっていた。奇《く》しくも和同開珎《かいほう》は、金子備後守の先祖である、武蔵金子党が支配していた地にて、古代に作られていたものである。

だが、まさかこの新居・宇摩の山奥に、銅鉱が眠っていようとは、金子備後守とて知る由もなかった。それゆえ、秀吉が三万もの大軍で勝ち取ろうとする意図が分からなかった。

「のう、岡本殿。それでも秀吉様が、どこにでもある漁村のこの地を征服したがるのには、それなりに訳があるはずだ。一体、何があるというのだ」

「私には分かりませぬ」

「隆景様も話してはおらなんだか……秀吉様は金山や銀山を悉《ことごと》く支配下に置いて、富を築いてきた。戦とは金がかかるということを、身をもって知っているからだ」

「………」

「もしや、この地には、儂《わし》でも知らぬ宝の山があるのではないか？」

金子備後守は半ば期待の眼差《まなざ》しで、岡本を見つめた。

「本当に分かりませぬ。ただ……」

「ただ……？」

「秀吉公は、あなた様を異様なほど恐れております。融通の利《き》かぬ小国の主ほど、始末に負えぬと常々、申しているとか……あ、これは失礼なことを……」

「構わぬ。続けよ」

「しかも、金子備後守様は、我が殿の小早川隆景様と河野道直様、さらには長曽我部家や三好家からも絶大な信頼を置かれている御仁ゆえ、恐れているのです……金で動かぬ人物ほど、御しがたいと」

「――何度も言うが、義に生きるのは武士として当然のこと。残念ながら、秀吉様には、それがござらぬ」

金子備後守はキッパリと言い放った。すると、承知しているように岡本は頷いて、声をひそめ、

「あなた様を、義に背かせるために、秀吉様は、関白になることを急いでおいでです」

関白とは、天皇の代わりに政治を行う官職のことである。公家で最高の職責を、秀吉自身が担おうというのだ。だが、関白になるためには、藤原の姓がなければならない。よって、公式の書にはそううたっていた。

「――関白……か」

「そうなれば、〝錦の御旗〟は秀吉公にあります。金子備後守様は賊軍となってしまい、万が一、この合戦にて勝利したとしても、何度も叩き潰されるでしょう」

「ここは先程も申し上げたとおり、潔く投降され、後の身の処し方は、我が殿に委《ゆだ》ねることが最善の道かと存じまする」

岡本は命がけで、必死に訴え続け、

「古来より、伊予と讃岐で争っていたこの地を、力だけによらず、そのお人柄にて治めている器量は、秀吉公もよくご存じであらせられまする。ここまで善戦をしてきたのでございます。金子備後守様は義は通したと、世間もお認めになりましょう。ですから、どうか、どうか、どうか……」

と両手をついた。

「…………」

「儂はのう、岡本殿……元を辿《たど》れば、関東武士だ。しかも、桓武平氏じゃ。百姓上がりの秀吉様を蔑《さげす》むわけではないが、義に生きて、義に死ぬ武士の魂など欠片《かけら》もあるまい。この戦は……男の意地でござる」

朗々と言ってのけた金子備後守の顔を見て、岡本はアッと息を呑んだ。普段は穏やかな備後守の表情が、不動明王のように変貌していくのを目の当たりにして、

――もはや、何を申し上げても無駄か。

と岡本は諦めるのであった。

勧降使を帰してから、金子備後守はこの城は弟の元春に任せて、自らは西条の高峠城に移った。今張に上陸した軍勢が、周郡からも押し寄せるという岡本の〝置き土産〟に呼応しての判断だった。

高峠城にはすでに六百余の兵が陣取っている。金子備後守は、野戦にも籠城にも強い腕利きの侍大将・真鍋義弘、近藤保馬、黒瀬明光の三人を引き連れての入城だった。

翌日になって――。

小早川と吉川の攻撃はさらに過激さを増してきた。上陸したからには、数の力で猛然と押し切る作戦である。

八幡山《はちまんやま》本陣から、金子勢の主城である高尾城の里城が総攻撃され、圧倒的な多数をもって占拠された。守将である高橋美濃守は十数人の敵兵に取り囲まれての奮戦の末、討ち死にした。本城方の真鍋政綱、孫九郎、孫十郎親子も互いを庇《かば》いながらの憤死。その一族の真鍋兼綱は弓の名手であったが、文字通り矢が尽きるまで大暴れして、敵兵に斬り倒された。

高尾城の眼下は、死屍《しし》累々《るいるい》であったが、その数は、小早川・吉川勢と比べれば、明らかに金子勢の方が少なかった。

だが、金子備後守が陣取る高峠城や元春が守り続ける金子城への包囲網を狭めていくかのように、敵の旗印が迫ってきていた。倒しても倒しても、蘇《よみがえ》る亡霊のように敵兵が次々と現れてくるのだ。

真鍋城の真鍋近江守、中山城の一色但馬守《たじまのかみ》、野津子城の工藤兵部、八堂山城の石川越前守、狭間城の徳永修理亮、黒岩城の越智信濃守、新須賀城の岡田通孝、大保木城の寺川丹後守、天神山城の石川美濃守、さらに宇摩の渋柿城の薦田《こもだ》義清、轟城の大西備中守ら、金子勢の猛将たちが、圧倒的な兵力の違いで、次々と打ち倒されたり逃亡したりした。

金子城においては、米をザアザアと流して渓流に見せかけて敵の侵入を防いだり、落とし穴や石垣を崩しての落石などで激しい抵抗を見せていた。だが、金子城の弱点を知り尽くしている黒川広隆の先導により、敵は深く攻め入ってくる。黒岩城とその出城の治良丸《じろまる》なども占拠され、背後からも攻められた。

さらに、土佐の援軍と欺いた吉川軍が、城門の中に押し入り、背後の山から攻め入って、金子軍の形勢は一挙に悪くなってきた。人馬の侵入を防いでいた西の土居溝は崩され、蓮池という湿地帯も一部が土で埋められて、乾櫓などにも敵兵が乗り込んでくる。

王子砦から名古城へ向かうところは、普段は海だが、〝干し越え〟の異名があるとおり、干潮時には道ができてしまう。敵兵はその機を突いて、一気呵成に攻めてきた。

金子城の表の守備口には、敵将の吉川元長勢が押し寄せて、武勇に優れた金子一族の神兵衛や軍奉行の白石若狭守らが憤死し、土佐の援軍大将・片岡下総守《しもうさのかみ》も流れ弾《だま》に当たって討ち死にしてしまった。ここが最も激しい戦場となり、清らかな鯉の池も血の池地獄となり果てたのだった。

土佐の援軍三百騎を含めて、総勢わずか五百五十騎をもって、小早川と吉川の一万五千と善戦したものの、滝の宮口も総崩れとなって虎口を脱出することも叶わなかった。

――もはや、これまで……。

一族郎党は戦いながら、遊里があった御茶屋谷から、金子氏の守護神である白山神社がある窪地などを抜けて、土佐の方や西条の高尾城へ逃れようとした。が、ほとんどは戦死せざるを得なかった。

天正十三年七月二日に始まった戦は、激闘の末、十四日の夕刻に終焉《しゅうえん》を迎え、金子城は落ちてしまったのである。

だが、金子備後守が率いる西条の高峠城と西条の高尾城が残っている。かつて河野氏が作った高峠城と、石川氏が築いた高尾城の両輪が、最後の最後に小早川軍と激戦を広げる舞台となったのだ。

高尾城の里城を攻め落とした小早川隆景は容赦なく、本城と高峠城を急襲した。

しかし、いずれも低山でありながら、陥落が難しい山城である。小早川隆景軍は、

――まずは高尾城を落とす。

と決め、あえて金子備後守が総大将として入った高峠城は後廻しにした。その間に、投降して貰いたいという情けがあったかもしれぬが、備後守の決意は揺るがなかった。

だが、やはり寡兵で戦うには無理があった。圧倒的な数の違いは、徐々に金子軍を追い詰めていったのである。

四

高峠城には、城主の石川備中守を中心に、高橋、藤田、松本、薦田、野田、近藤、塩田、真鍋、徳永、丹、久門《くもん》、難波江など錚々《そうそう》たる豪族の面々が集まっていた。

いずれも前日、誓約を交わした仲であった。

「御一同……身共のように小身の武士ほど浅ましきことはござらぬ。昨日は長曽我部に頭を下げ、今日は小早川に腰を折り、土佐の人質を振り捨てて、人に後ろ指さされ

るのは心苦しいことじゃ。眉をひそめて討ち死にし、名を後の世に残すしかありますまい」

金子備後守のこの言葉に、諸将は感極まったのである。むろん、降伏を唱える者もいたが、義を通す一点では納得したのだった。

猛者がひとつの城に決したことで、激しい抵抗にあい、小早川勢はまたもや一進一退を繰り返さざるを得なかった。まるで、この城の主が、見守ってくれているようだった。

この城の主とは――かつて知勇兼備を讃《たた》えられ、領民からも慕われていた石川源太夫のことである。河野予州家の家臣でありながら、当地の混乱を押さえたことで、この地を任され、氷見に高尾城も作り、長年にわたって支配していた。

金子氏はそれを引き継いだようなものである。ゆえに、我が故郷を理不尽に飲み込もうとする大軍を排除したかったのである。

だが、所詮《しょせん》は蟷螂《とうろう》の斧だったのであろうか。最後の時はやってきた。

金子備後守は諸将に軍配をした後、三人の若武者を集めた。

侍大将の真鍋義弘、近藤保馬、黒瀬明光である。いずれも凜とした顔つきで、まだ二十歳にもならぬ若侍ながら、足軽を率いての武勇には事欠かなかった。

「儂は明朝、城を焼き払い、別れ盃《さかずき》を交わした将たちと打って出る。だが、おまえたちは今宵《こよい》のうちに逃げろ」

「――殿……何をおっしゃいまする」

真鍋が濃い眉毛を上げた。

「我らは生きるも死ぬるも、殿と一緒でございますれば」

「いや、おまえたち三人だけは、討ち死にしてはならぬ。このまま何処かに逃げて、余の遺志を継いで貰いたいのじゃ」

「いいえ。聞けませぬ。殿とともに討ち死にするために、高峠城まで参りました。ここで逃げたとあっては、金子城で散った仲間たちに申し訳が立ちませぬ」

思わず、近藤も声を強めて首を振った。どうしても、一緒に戦うというのだ。

「ならぬッ。これは余の命令じゃ」

「命令……」

金子備後守の意思は固い。

「討ち死にしなくとも、余は切腹して果てるであろう。だが、無念なことが、ひとつだけある。妻や子のことではない。この新居・宇摩のことだ」

「この地のことを……」

もっとも血気盛んな黒瀬が、意外な目を向けて、

「殿……どういうことでございまするか」

と訊《き》いた。

ここにいる若武者三人はそれぞれ、金子備後守の重臣・真鍋六人衆、船形の横山城主・近藤長門守《ながとのかみ》、黒瀬砦の黒瀬飛騨守《ひだのかみ》の係累縁者である。ゆえに、先祖伝来の土地を守りたい気持ちは重々承知しているが、殿の真意を測りかねたのだ。

「この城から眺めて分かるとおり、我が国は死屍累々であるが、それも一時《ひととき》の夢と消え、何事もなかったように草木が繁り、稲穂や木の実が成るであろう。だが……」

金子備後守は三人をひとりひとり見つめながら、ハッキリした口調で続けた。

「この地に人里がなくなり、衰え、やがて失《う》せてしまうことが悲しいのだ。田畑を元通りにするのはもとより、何らかの殖産を興し、多くの人々が集まり、栄える国にして貰いたいのだ」

「私たち……がですか」

「おまえたちだけではない。子々孫々、何代もかかるやもしれぬ。如何なる世が来るかは、余にも分からぬ。だが、この美しい海と青々とした山、そして豊かな川に恵まれたこの地を、おまえたちの手によって、守《も》り立てて貰いたいのだ」

「…………」

「それができるのは、若いおまえたちだけだ。よいな。余の我儘《わがまま》かもしれぬが、必ずや成し遂げて欲しい」

「殿……しかし、拙者《せっしゃ》たちは……」

死を覚悟していた若い衆たちに、今更、生き延びろと命じるのは、むしろ過酷である。だが、生きてこそ叶えられることも沢山あるのは事実だ。

「よいな。決して、追い腹は許さぬぞ」

毅然《きぜん》と命じた金子備後守は、兜に張り付けていた家紋の〝三つ蜻蛉紋〟をベキッとはぎ取るや床に置くと、その真ん中を、太刀先で鋭く突いた。

鈍い音がして、三匹の蜻蛉が、丁度、一匹ずつになるよう等分に割れた。

「な、何をなさいまするか、殿……」

「これを、おまえたちに分け与える。三人がそれぞれ、別々の道に行ったとしても、いつかは必ず、合わさることができよう」

真鍋と近藤、黒瀬は割れた家紋を、割り符のように合わせてみせた。

「元春とともに落ちてしまった金子城、そして金子山が再び栄えるときがくるのを、余はあの世で見守っておるからな」

何をどうしろと具体的に命じたわけではない。ただ、若い武者三人に、滅びるかもしれぬ御家のことや故郷のことを、金子備後守は託したのである。

それでも、三人はまだ得心できていない。だが、満足げに頷く金子備後守の、いつもの穏やかな微笑《ほほえ》みを見ていると、

――御意。

と頷くしかなかったのである。

翌日、高峠城を燃やして、野戦に打って出た金子備後守の軍勢六百は、一旦は逃げ出したと見せかけた敵兵を追いかけ、野々市原にて、ほとんど全滅するのである。金子軍が得意とする〝釣り野伏せ〟と似た戦法によって玉砕されたのだ。

小早川隆景は長期戦を覚悟していた。高峠城や高尾城の背後にはさらに幾つもの城や砦があり、四国山脈自体が堅牢な城壁となっているからだ。深追いすれば、長曽我部勢と戦わねばならぬ事態にも陥る。

金子城を陥落させるのに、吉川元長も苦戦を強いられ、多くの兵を失った。ゆえに、

――焦らずに野戦に持ち込む。

と決めたのだ。

金子備後守の方が死に急いだのかもしれぬ。小早川勢が、民家の壁や戸板などを組

んで隠れ潜んでいることを知らずに、突撃したのだ。寡兵であるがため、前線を叩き潰し、敵兵を海上の船に敗走させたかったのだ。

しかも、この合戦には、武士や足軽のみならず、農民漁民、そして数百人の僧侶までもが駆けつけて奮戦した。任瑞という怪力の僧侶が何十人分もの兵の働きをして、憤死している。

だが、抵抗も虚《むな》しく――。

金子備後守はわずか三十人余りの従臣とともに、加茂川の河ケ平《こがなる》という集落まで逃れてきた。いずれも刀折れ、矢尽き、これまでと覚悟を決めて、自刃して果てた。無念の切腹であった。

だが、死ぬ間際に、金子備後守は、

――先祖伝来の新居を守り続け、栄えある国にしてくれ。

と託した三人の若武者の顔を思い浮かべ、切なる願いを込めていた。

戦の後、すぐに、小早川隆景は、首級検めをして、河原に崩れている金子備後守を見つけた。大勢の家来を前にしながら、涙ながらに亡骸《なきがら》を抱きしめてから、

「――討つ者も討たれる者も夢なれや、早くも醒《さ》めたり汝《なんじ》らが夢……」

と歌って弔いの舞を披露し、丁寧に葬った。

親友であったとしても、敵味方となって戦った限りは勝たねばならぬ。刃《やいば》を交えて、殺さねばならぬ。戦国の世の習いとはいえ、小早川隆景も心の奥では、惜しい男を失ったと断腸の思いであった。

金子備後守が切腹して果てる数日前、羽柴秀吉は、関白に任命されている。事実上、天下人になり、四国平定もこの一戦で決することとなった。

その直後、秀吉は豊臣と名乗り、九州征伐にも乗り出すのだが、金子備後守を倒した意義は大きかった。長曽我部を土佐一国に封じ込めることができたからだ。そして、小早川隆景が仲裁に入ったにも拘わらず、秀吉は河野家の大名としての存続は許さず、事実上、伊予の名族は断絶となったのだ。

強きに靡くのは、いつの世も同じなのであろう。諸国の大名たちは次々と関白への恭順の意を示し、秀吉の天下統一は、着々と進んでいくのである。

五

だが、戦が終わったからといって、すぐさま戦火が消えるわけではない。

——我が国を守り通す。

と最後の最後まで、抵抗を見せる者たちは大勢、残っていた。

金子城が落ちても、生き残ったものは捲土《けんど》重来の思いで、国領川の上流、角野村にある生子山《しょうじやまじょう》城にて籠城することが、事前に決まっていたのだ。各城郭から落ち延びた者、野戦で深手を負いながらも命ある者たちが、次々と生子山城に集結していた。

角野村は鎌倉の昔よりある所で、南北朝の時代に、松木氏が生子山の山頂に建てた城がここである。新居・宇摩のすべての城を見下ろせる所に位置していた。

細長い尾根にある小城に過ぎぬが、国領川と種子川に挟まれた要塞であり、西の出丸は後の世に〝えんとつ山〟となる。

金子備後守から、「生きて国を守れ」と託された若武者、真鍋義弘、近藤保馬、黒瀬明光の三人も一旦は、加茂川上流に向かい、八ノ川城主の今井飛驒正左衛門を頼った。さらに、尾根や山肌を這《は》うように黒岩城主の越智信濃守に縋《すが》り、深い山を上り下りして、ようやく生子山城に辿り着いたのだった。

城内は細長く薄暗い上に、夏の蒸し暑さが籠もっており、敗兵の集まりばかりゆえ、どんより淀《よど》んでいた。

特に、沢津や郷から東田《とうだ》などを経て、どんどん山に追い詰められた兵士たちは、武器や甲冑も捨てざるを得ず、落ち武者でしかなかった。捲土重来どころか、このまま土佐に逃げるのが当然のように願う者もいた。

生子山城城主の松木三河守安村も、金子備後守と共に高峠城で戦い、野々市でも負傷をしながらも、息子の新之丞や一族郎党を引き連れて、なんとか生子山城に戻ってきていた。

しかし、松木三河守が目の当たりにしたのは、高尾城が落ちた時点で、自刃していた家臣や一族、すでに負傷して再起できない者たちの姿であった。戦の混乱で、まだ生子山城には、金子備後守が死んだと知らされていない間の出来事だった。

一方、長曽我部元親のところには早々と、金子備後守の戦死の報は届いており、羽柴軍の総大将である秀長は、蜂須賀正勝を仲介役として、正式に和睦に向かっていた。

つまり、金子備後守が通さねばならぬ義は失われたに等しい。

にも拘わらず、松木三河守は敗れながらも集結した兵士たちとともに、仏殿城と呼ばれる川之江城に籠もって徹底抗戦をした。しかし、あえなく毛利軍に攻められて、松木三河守までもが憤死。残兵たちは、再び、落城した金子城に集まって討ち死にを覚悟した。

片や、生子山城には、松木三河守の遺児となる正俊がわずかな兵と百姓衆と籠城し、最後の最後の抵抗を試みていた。麓には、千年も前から天照大御神《あまてらすおおみかみ》を祭った内宮神社があって、城は守られている。

「ならば、共に戦おう」

と金子城で最後を覚悟した兵たちも、再び、生子山城に集まったのである。

急峻な山で、兵馬が登れない生子山城を、小早川と吉川軍は攻めあぐねた。山上の城からは、投石や倒木などによって、死者が増えていった。

見かねた小早川隆景は、山全体を燃やす作戦にし、逃げ口を塞いで、まるで火炙《ひあぶ》りにしたのである。折しも強い風とあいまって、幾つもの村々を犠牲にしながら、ついには城を焼き落としてしまったのである。

這々《ほうほう》の体で生子山城を抜け出した兵たちは、逃げる最中、小早川軍と東田辺りで出くわし、激しい野戦となった。だが、わずかの後、野々市原同様、死屍累々で血濡れた情景が広がった。後に、血の池と呼ばれるほど、川や池が真っ赤に染まったのだった。

そんな残兵の間を縫うように、ひたすら南の山の奥に逃げ込んだ三人の若武者――真鍋義弘、近藤保馬、黒瀬明光――は、後に〝銅山越え〟と呼ばれる峠辺りから、遥《はる》か眼下を見下ろしていた。

無数の屍が散らばっているような、悲惨な戦があったばかりとは感じられない。

青々と茂る山間の向こうには、美しい扇状地がなだらかに広がり、瀬戸の海がキラキラと燦めいている。

帆柱を上げた毛利水軍の船影も、海原に広がっている。見晴らしがよいので、瀬戸内海の対岸である小早川や吉川の国も、すぐ手の届きそうな所に眺められる。

――戦があったのが嘘のようだ……。

と言葉にこそ出さぬが、三人は思っていた。同時に、深手を負うこともなく、合戦場から逃れてきたことに忸怩《じくじ》たる思いがあった。

涼しい風が吹いてきて、ふいに金子備後守の声が聞こえたような気がした。

「それでよいのだ……おまえたちは生きて、生きて、生き抜いて、この国を守り立て、栄えさせくれ」

だが、まだまだ戦国の世は続くに違いない。この地の他に縁故もなく、頼りになる者もいない。一体、何をどうやって、生きてゆけばよいのか、若い衆には分かるはずもなかった。

「のう、保馬、明光……儂は差し当たって長曽我部様を頼り、どこぞに仕官して武士を続けたいと考えとる」

「なんだと。殿を見捨てた長曽我部にか」

黒瀬は苛立《いらだ》ったように言った。

「うむ。土佐には、殿の嫡男であらせられる宅明様が人質におられる。次男の雅元様と長女のかね姫様は、守谷《もりや》一族の者たちによって、土佐に落ち延びていると思われる。儂は、そのお側に仕えたい。それを見届けながら、いずれは御家を立て直したいんじゃ」

真鍋流の弓術の使い手だからこそ、武士であり続ける自信と自負があるのだ。

「それだけではない。いずれ儂は、徳川家康に仕えたいとも考えておる」

「なんと……」

「儂の目に狂いがなければ、いずれあやつが天下を取る」

「どうして、おまえにそんなことが分かる」

「当てずっぽうだ。しかし、織田信長亡き後、羽柴秀吉が〝天下人〟になったのは、徳川家康の陰の働きがあったからこそだと、もっぱらの噂じゃ。殿も常々、言うてたではないか。毛利は天下を狙わぬ。秀吉が躓《つまず》けば、必ず徳川家康がのし上がってくると」

一か八かの博奕《ばくち》とも取れる言い草だったが、真鍋には確信めいたものがあった。

「だが、徳川家康という武将は凡庸で小心者だと聞いたことがあるぞ」

黒瀬が小馬鹿にすると、真鍋は真顔で、

「したたかだからこそだ。儂は、義に生きて義に死んだ殿のまっすぐな心が好きだ。だが、それがゆえに貶《おとし》められた。儂は心を鬼にして、殿の言いつけを守るがために、本音を隠してうまく立ち廻るつもりじゃ」

と断固たる意思を伝えた。

「ならば、儂も新たな主君を探す旅に出るとするか……」

近藤が身を乗り出すと、真鍋は首を振りながら、

「保馬はやめとけ。元々、体は壮健じゃないし剣術もさほど強くない。これまで生きていたのが奇跡じゃわい。おまえは学問や算術が得意じゃけんのう。戦国の世でなければ、侍とは別の道で大事を為《な》していただろうに」

「バカにしとんのか」

「そうじゃない。主家を助けるには、いや、殿がおっしゃるように国を栄えさせるには、人を育て、金を蓄えることも大切じゃ。おまえには、それが向いていると思う。上方《かみがた》に行って、商人にでもなるがええ」

「なにを偉そうに、ぬかしやがるッ……」

食ってかかりそうな近藤の肩を摑んで、黒瀬は笑いながら、

「義弘の言うとおりだ。保馬にはそれが似合いじゃわい」

「おのれ、明光まで……ならば、おまえは何とする。体が大きゅうて、暴れるばっかしでは、何の使い道もないぞよ」

「実はもう決めとる」

「なんじゃ」

「修験者になる。つくづく戦が嫌になった。人を殺すのも殺されるのも懲《こ》り懲りじゃ」

「暴れ者のおまえらしくないことよのう」

真鍋も近藤もからかうように笑ったが、黒瀬は大まじめで、

「殿は、白山神社を守護神にするほど信心深かった。儂らをお守りするだけじゃのうて、この国中に平穏無事を届けて下さっておる。古《いにしえ》より、厳しい修験の道は白山と決まっておる。じゃけん、儂は修験者として、殿を供養しながら、諸国を遍歴したい」

と答えた。

白山信仰は元来、富士山とともに霊峰として崇《あが》められた越後、加賀、美濃に跨《また》る水神の白山に由来する。年中雪に覆われている御前峰《ごぜんほう》、大汝峰《おおなんじみね》、剣ケ峰《けんがみね》を合わせて、

古より〝志良夜麻《しらやま》〟と呼ばれていた。そこに養老年間、泰澄《たいちょう》という修験者が霊場を開いて後、仏教とも結びついて諸国に白山神への信仰が広まった。

武運を高めるためにも、黒瀬は元々、信仰心に篤《あつ》かったのだが、修験道や仏道と武道は表裏一体だと感じていた。

「修験者に、な……なるほど。性根だけは強いけん、おまえならまっとうできるかもしれんのう。任瑞和尚《おしょう》に負けぬくらい怪力ゆえな。それもまたよかろう」

「まずは弘法大師様と共に、八十八ヶ所を巡礼したい。戦況を見極めながら、殿を供養して、後のことを考えたい」

真鍋と近藤、黒瀬の三人は今一度、みっつに割った〝三つ蜻蛉紋〟の家紋を差し出して、合わせてみせた。そして、お互いを見つめて頷きあうと、

「また会おう。達者でな」

と同時に言った。

つい今し方まで、晴れ渡って見えていた眼下に薄い靄《もや》が広がり始めた。山の空模様は変わりやすい。

「道に迷わぬように、先を急ごう。道中無事を祈る」

まずは真鍋が土佐に向かって歩き出した。続いて、近藤は讃岐に向かい、黒瀬は阿

波へと山道に踏み出したのである。

あっと間に、山肌から湧き上がるような霧が広がり、三人の姿はお互いに見えなくなった。また会おうと分かれたものの、この三人の若武者が生きているうちに相見《まみ》えることはなかった。

ただ、彼らの子孫が、吸い寄せられるように別子銅山に集まるのだが、それは百年以上の時を隔ててからのことである。

霧の中に大きな霧の塊が通り過ぎて、青い山々はすっかり包まれてしまった。

泉屋の灯

一

　時は下って、元禄《げんろく》元年（一六八八）――江戸幕府は五代将軍・綱吉の治世になっていた。延宝八年（一六八〇）に将軍の座についてから、堀田正俊《ほったまさとし》を大老に据えて、先代の家綱によって失墜していた将軍の権威を回復するべく、綱吉はあらゆる手立てを尽くしてきていた。

　殊《こと》に、大老・堀田正俊と側用人《そばようにん》・牧野成貞《まきのなりさだ》による〝天和《てんな》の治〟と後に称される代官や大名の大量の処分による綱紀粛正と経済対策を施した。そして戦国の気風を消すために、儒学による文治政治を徹底し、それが功を奏して幕政は安定したかにみえた。

　だが、四年前の貞享《じょうきょう》元年（一六八四）、堀田正俊が、事もあろうに江戸城中にて、若年寄の稲葉正休《いなばまさやす》に刺殺されるという事件が起こった。稲葉自身も、その場にいた老中の大久保加賀守や戸田山城守、阿部豊後守らに斬り殺されたのだ。原因は、淀川治水に関わっていた稲葉が多額の賄《まいない》を得ていたのを、堀田が追及して、その任を解いたことだと思われた。が、両人とも死んだために、真相は不明のままだった。

その事件の直後から、綱吉は大奥に籠もりがちになった。堀田正俊のことは、まるで父親のように慕っていたからだ。

先代将軍の家綱には継嗣がいないために、時の大老の酒井忠清は、二代将軍・秀忠の遠戚にあたる有栖川宮親王を将軍として迎えようとした。だが、老中に昇格したばかりの堀田正俊が、

――家綱に最も血縁の近い、上野《こうずけ》館林藩主の綱吉を擁立すべきである。

と筋を通して、酒井の目論見を潰したのである。

この堀田正俊の父親は、家光治世の折の老中であった。が、家光が亡くなったとき、後を追って殉死している。それほど徳川家に忠誠を尽くしている武門の出だったのだ。

酒井を追放してから、堀田は大老になり、綱吉を支えていたが、江戸城中での異変である。誰も信じられなくなったのか、綱吉はまるで人が変わったように、人前に姿を見せるのを厭《いと》うようになった。長年、支えてくれた牧野成貞にすら、口を開かなく

なったのである。

牧野は上野館林藩の家老だった人物である。ゆえに、老中や若年寄との橋渡しのため、〝御側御用人〟という新しい役職にしてまで重用していたのだ。その牧野は自ら、年齢を理由に側用人を辞し、代わりに任命されたのが、柳沢保明《やすあきら》――後の、柳沢吉保であった。

側用人になったばかりの柳沢は、まだ三十という若さである。老中の大久保加賀守や戸田山城守とは親子ほど年が離れており、最も若い老中の阿部豊後守ですら、十歳も年上であった。

だが、綱吉が最も信頼を置いていたのは、幕閣で最も若い柳沢であった。小姓《こしょう》組番衆として長年、綱吉に仕えていたからだ。

自らが将軍になると同時に、柳沢には小納戸役を命じ、常に綱吉は身のまわりの世話をさせていた。身分もすぐに従六位下とし、布衣《ほい》を許した。布衣とは元々、狩衣《かりぎぬ》の一種だが、上位の旗本を意味する。

それゆえ、まだ齢《よわい》三十にも拘わらず、風格のある顔だちと体つきをしていた。決して威張った態度ではなく、穏やかな物腰でありながら、人がしぜんと尊崇するような雰囲気があった。

側用人になったのを機に、禄高は一万二千石の大名となり、屋敷も一橋御門内の御用屋敷を賜っていた。

「――今宵、当屋敷に、そこもとを招いたのは他でもない」

柳沢はおもむろに、控えている幕臣に言った。平伏したまま顔を上げない相手に、柳沢は、ふたりだけゆえ遠慮は無用だと付け加えると、幕臣は上目遣いで姿勢を正した。

細面《ほそおもて》で神経質なほど、ギョロリとした目つきであるが、いかにも能吏という顔つきであった。勘定頭差添役《かんじょうがしらさしぞえやく》の荻原重秀《おぎわらしげひで》である。

この役職は後に、勘定吟味役となる幕府財政の目付《めつけ》役ともいえる重い役目だが、やはり三十歳になったばかりの下級旗本にしては、異例の出世であった。

「なかなか良い面相よのう……とても身共と同じ年には見えぬな、荻原殿」

大名の身分である将軍の側用人から見れば、荻原など取るに足らぬ幕臣も同然だ。にもかかわらず、殿を付けて呼ぶのには訳があった。見た目が柳沢よりも老成しているからではない。

――五畿内検地。

という〝太閤検地〟以来の大改革を断行して、幕府の財政を五百万両も増やしてきたからである。むろん、綱吉が将軍の座に就く前のことである。

旗本の次男坊として生まれた荻原重秀は、弱冠十七歳のとき、幕府勘定方として仕官することとなり、前将軍の家綱に謁見して、百五十俵取りの幕臣となった。家督は兄が継いでいたから、別家を立てたことになるが、荻原家の始祖は甲州武田家の分家であり、武田信虎と晴信父子、つまり武田信玄に仕えた兵法家であったことから、家筋には誇りを持っていた。

江戸時代に入っても、百七十石の知行が許され、荻原本家は代々、八王子千人同心頭を担っており、その一族も旗本として暮らしていた。だからといって、次男坊がすぐに幕臣になれる道があるわけではない。それなりの才覚と引き立てがなければ、到底、将軍と主従関係は結べないのである。

もっとも兄の成重が大番方に入っていたことは大きかったであろう。しかも、三千石の旗本で、甲斐庄正親《かいしょうまさちか》という勘定頭が、浅草御蔵近くの同じ町内に住んでおり、幼少の頃から荻原重秀がただならぬ秀才であることを見抜いていた。

――できれば、うちの養子にしたい。

と言っていたほどである。ゆえに、勘定方として引き上げたのだった。

甲斐庄の期待通り、荻原重秀はめきめきと頭角を現し、財政を緊縮させるだけではなく、いわゆる寛文・延宝の〝五畿内検地〟によって、傾いていた幕政を立て直した。

「拙者ひとりの手柄ではありませぬ。たまさか甲斐庄様がご近所で、父の碁敵だったので目をかけて下さっただけです。あの辺りは、勘定組の屋敷ばかりでしたから……それに、検地のことはすでに、その頃の大老、酒井雅楽頭《うたのかみ》様や井伊掃部頭《かもんのかみ》様らが決めていたこと。そのために……」

勘定の大量採用がなされたから、幸運であったと荻原は言った。

「拙者を引き立てて下さった甲斐庄様も、今は南町奉行でございます。まだまだ壮健で、ご多忙であること嬉しゅう存じます」

「さよう。恩人には厚く感謝せねばな」

「はい……」

「では、身共もこのとおりだ……」

柳沢は軽くではあるが、頭を下げた。荻原は吃驚《びっくり》して、大きな目をさらに見開いた。

「おやめ下され、柳沢様」

「綱吉公が将軍になられてから、数々の改革と銘打って事を為してきた。そこもとがおらねば、到底できなかったことだ」

ハッキリと言葉には出さなかったが、荻原が数々の代官粛正を遂行したことを、柳沢は褒めたのである。しかも、その功が奏して、柳沢自身も出世してきたのである。ゆえに、礼を言いたかったのであろう。

穏やかな顔をしているが、柳沢は頭が切れ、冷徹な判断を下す。為政者とはそうあるべきかもしれぬが、

――本来、側用人は、将軍と老中や若年寄ら幕閣との繋《つな》ぎ役にすぎぬ。

と荻原は思っていた。ゆえに大人しい態度や顔を見せながら、権力をチラつかせる柳沢のことを好きにはなれなかった。まるで、その心裡を見抜いているかのような柳沢の目に、荻原は背筋が凍った。

たしかに、荻原は、「左様せい様」と揶揄《やゆ》された先代将軍の家綱に比べて、綱吉は聡明であると感じていた。学問好きな荻原にとっては、まるで無人格のように何でも幕閣に丸投げした家綱には魅力がない。正直、将軍としての資質に欠けると思っていた。

とはいえ、将軍になったのがまだ十一歳のとき。しかも、由井正雪《ゆいしょうせつ》の乱による討幕騒ぎや明暦《めいれき》の大火などに見舞われ、政情不安や災害に見舞われたことで、世の中はなんとなく混沌《こんとん》としていたから、家綱が困惑するのは無理もない。

しかし、叔父にあたる保科正之や大老の酒井忠勝、老中の松平信綱ら、〝寛永の遺

老〟らによって支えられたからこそ、なんとか幕政は安定してきたのであろう。いわゆる武断政治から文治政治へ変えたのも、有能な幕閣がいてのことだった。

その〝寛永の遺老〟たちが高齢になり死去すると、先頃暗殺された酒井忠清が大老に就いて、様々な飢饉対策や経済対策として、殖産興業を掲げ、海運も盛んにしたが、どうしても財政は傾いてくる。ゆえに、秀才の噂が高い綱吉は大鉈《おおなた》を振るうつもりで、意気揚々と将軍になったのだが、現実は厳しいものであった。さらには、腹心であった堀田正俊の凶事によって、綱吉はまるで政事の表舞台から去ったかのように、息を潜めていた。

柳沢が「これ幸い」と思っているかどうかは誰にも分からぬ。ただ、老中や若年寄を押さえ込んででも、自分の思い通りの政事を行おうと目論んでいる野心は、荻原には読み取れていた。

だからこそ、この数年、赴任地で公儀米を横領するような代官は、徹底的に粛正してきたのである。一間の尺数を変えてまで、石高を増やす検地をしても、代官の質が悪ければ、他の殖産も興さず、〝国益〟にならないからだ。

荻原は検地による功績から、代官粛正の率先役として抜擢《ばってき》され、職務怠慢や年貢滞納などを理由に、数々の代官を切腹や罷免、流罪などにしてきたのである。

それらは、柳沢が側用人になる前のことであるが、粛正は未《いま》だに続いているのだ。

――次は何をせよというのか……。

荻原が首を竦めるようにして見つめていると、柳沢は薄笑みを浮かべて、

「金銀さらには銅が足りぬ……」

と言った。

「はあ？　金銀に銅……」

「古来より、我が国は概《おおむ》ね東国では金山が、西国では銀山が採掘されてきた。だが、足利の世から戦国の世にかけて、金銀が余所《よそ》の国に流出していったのは、おぬしも重々、承知しておろう」

世界では金や銀が正貨として通じているから、日本から産出されるものは貴重な商品であった。十六世紀後半、つまり日本の戦国時代には、スペインやオランダ、ポルトガルによって、銀は世界中に流通していた。

交易の中心はインド東部のコロマンデル沿岸で、後にイギリスが上陸する一帯である。ここから東南アジアに海路が広がり、マニラが大きな港湾都市となる。やがて、十七世紀になって、オランダ東インド会社ができると、マニラは益々、アジアの物産集散地として栄え、世界で第二位の銀の産出国だった日本も交易に参画した。主な輸

入品目は、生糸や絹織物、毛織物、綿花、砂糖、煙草、香辛料など、日本の銀はインドを経て中東や欧州に送られていた。

「あ、はい……寛永のお触れにより、異国船は追い返され、交易はできなくなりました。御公儀だけは長崎にて、オランダと中国に限って執り行われておりますが、寛文八年（一六六八）に、ご公儀は銀で支払うのをやめました」

「さよう。代わりに、金に替えたが、これとて愚かだとは思わぬか……絹糸や織物を買うために、我が国は金や銀を放出し、それも底を突いてきつつある。高い買い物だ」

「はい――」

「そこでだ。おぬしに、やって貰いたいことがある」

「もしや、銅山の発掘でも？」

荻原が真剣な眼差しを返すと、柳沢はシタリ顔で小さく頷き、

「さすがは荻原。そのとおりだ……勘定頭差添役のおぬしには釈迦に説法だろうが、当面は銅で凌《しの》ぐしかない。いずれは異国に売る物を我らも作らねばならぬが、今はオランダやポルトガルには、我が国から欲しいものなどない。たとえば……」

と柳沢は家臣を呼ぶための鈴を手にして、

「この真鍮とて、鉛を異国から仕入れて、銅と混ぜ合わせねば作れぬゆえな。今から

何とかせねば、この国は危うくなる」

「銅山なら、休んでいる所も含めると、諸国に点在しておりますが」

日本には和銅という年号があるほど、古くから銅は採掘されており、陸奥の阿仁、白根、近畿の多田、生野、紀伊の熊野などが知られていたが、小さな銅山は諸国に多数点在していた。

「実はな……昨年、伊予国の別子という村の山にて、三島の祇太夫という者が試し掘りをしたと、隠密から耳にした」

大目付のみならず、公儀隠密である伊賀者や甲賀者は密《ひそ》かに六十余州の国々を巡って、諸藩の実情を探っていた。そのひとりから報せがあったというのだ。だが、まだ銅鉱が眠っているかどうかは、判別できていない。

「別子は天領だが、峰を隔てた北壁の松平西条藩領内では、すでに銅鉱を掘っているとか。金山銀山はともかく、銅山は勝手次第ゆえ、公儀に届け出ておらぬが、そこをつぶさに調べて貰いたい」

新たな銅鉱を見つけたい——という野心に満ちた柳沢の顔を目の当たりにして、すぐさま荻原は頷いた。

「それならば、配下に打ってつけの男がおりまする。諸国の鉱山を歩き廻った生き字引のような男がおりますれば」

「まことに……！」

柳沢の瞳がギラリと燦めいた。

「して、その男とは」

「後藤覚右衛門《ごとうかくえもん》という……まだ小身の旗本ですが、腕っ節といい度胸といい、その上、頭も冴え渡っている若者でございまする。ただ武芸に励みすぎたのか、愛想などまるでなく、武骨過ぎますがな」

「愛想がないのは荻原……おぬしも同じではないか」

冗談とも本気ともつかぬ言い草で、柳沢は実に愉快そうに笑うのだった。

――幕府財政が大きく変わる。

という思いが、ふたりの胸中にじわじわと広がっていた。そして、柳沢の口元が、まだ何か言いたげに歪《ゆが》んだ。

二

両国橋西詰め界隈は、浅草や上野と並んで、江戸で最も賑《にぎ》わう町のひとつである。

万治二年（一六五九）に隅田川に架けられた両国橋は、武蔵国と下総国を結ぶことから、その名があり、明暦の大火の復興の象徴でもあった。

元禄時代は始まったばかりだが、この橋の西詰めには、見世物小屋や矢場、料理屋などがズラリと広がり、爛熟した町人文化へ繋がる中心地である。この橋のお陰で、江戸の町域も東岸に広がり、本所深川も賑わいを見せるようになったのだ。

とはいえ、やはり江戸の中心は日本橋である。両国橋と日本橋を結ぶ大通りという、いわば江戸の一等地ともいえる中橋上槙町《なかばしうえまきちょう》に、住友の江戸店《だな》があった。

住友とは、南蛮吹きという精錬技術による紅色の棹銅作りを家業としてきた、大坂随一の商家である。

初代の住友政友《まさとも》は越前国丸岡にて、柴田勝家に仕えていた武士の子として生まれた。天正十三年（一五八五）のことだから、奇しくも、伊予国新居で、〝天正の陣〟が起こり、金子備後守が秀吉軍に滅ぼされた年だ。

政友の先祖は平家の末裔《まつえい》で、室町将軍に仕えていたが、その〝始祖〟は住友忠重《ただしげ》である。代々、今川氏、中川氏、柴田氏、結城《ゆうき》家などに仕えてきたものの、戦国武将としての有為転変が人の世の中と感じたのか、政友の父・政行は、息子を空源という僧に預けたのである。

十二歳で出家した政友は、涅槃宗《ねはんしゅう》の僧侶となり、文殊院空蟬の法号を授かった。涅槃宗は、中国十三宗のひとつであり、大般涅槃経の説く、「法身常住《ほっしんじょうじゅう》、一切衆生《いっさいしゅじょう》悉有仏性《しつうぶっしょう》」を根本教理としていた。本来、仏の教えはひとつであるのに、様々な流派が争っていることを批判していた。

ゆえに、政友は涅槃宗を布教するも、京都所司代から邪教との非難を受けて下総佐倉藩に流されるという憂き目にあっている。だが、その後、還俗して嘉休と称し、京の仏光寺上柳町にて、『富士屋』という薬種と書林を扱う商売を始めたのだった。

この政友を住友家の〝始祖〟とすれば、銅屋として事業を興した〝業祖〟がいる。政友の義兄の蘇我《そが》理右衛門である。

河内五条生まれの理右衛門は、堺にて明人から銅の精錬を学んだ後、京の寺町通松原下る辺りで、銅吹き所を創業した。豊臣秀吉が京の町作りを始めた頃のことである。そして、慶長年間を通じて、住友の家業の基礎というべき〝南蛮吹き〟を開発したのだ。〝南蛮吹き〟とは、銀を含む銅から、銀だけを分離する匠の技である。

さらに、理右衛門の子は、住友家の二代目となり、住友友以《とももち》と名乗り、銅商『泉屋』を興し、元和九年（一六二三）に、大坂の内淡路町に銅吹所を設け、家を守り立て、さらに大坂を銅精錬・銅貿易の中心地にしてきた。それゆえ、〝家祖〟と呼ばれた。

住友には、〝始祖〟〝業祖〟〝家祖〟の三つがあると言える。

三年前に三代目友信が三十八歳で隠居し、四代目を十五歳の友芳が継いでいた。江戸店では、諸国から買い集めた銅や錫《すず》を、小売りに卸す商いをしていた。上方の商人は、近江《おうみ》商人や伊勢商人でも、百万人の人が暮らす江戸に店を構えるのが、いわば誇りであり、大きな商機にも繋がった。

井桁《いげた》の印に『泉屋』と染め抜かれた立派な暖簾《のれん》が、燦然《さんぜん》と輝いていた。それを潜《くぐ》って入ってきた偉丈夫の侍を見て、帳場から出迎えた店主の三右衛門は、

——何か不手際でもあったのか。

と一瞬、戸惑った。

登城の折の正装である裃《かみしも》姿で、居丈高な顔つきである。三右衛門が江戸店を任されてもう十年になるが、まだ見たことのない顔の役人であった。

「代官・後藤覚右衛門である」

声もズンと腹に響くほど低く太い。かなりの武芸者であろう。手には剣胼胝《けんだこ》ができており、まるで木の枝のようにごつい指をしていた。額《ひたい》は広く顎は頑丈そうに角張っている。目つきは鋭く、今にも斬り込んできそうな迫力を秘めていた。

まだ若輩ながら、幾つもの鉱山差配や巡視を任され、後に石見銀山代官となる男である。押し出しは強かった。

「おまえが、この店の主か」

「三右衛門と申します。お代官様が私どもに如何様な御用向きでございましょう」

膝に手を置き、三右衛門は丁寧に頭を下げた。商人にしては、肝《きも》の据わっている顔つきであり、体つきも立派な中年男である。生き馬の目を抜く江戸と言われているから、口八丁手八丁の上に、腕っ節も強い三右衛門が江戸店を任されていたのである。

「折り入って話がある。店では不都合ゆえ、奥にて人払いをしてくれ」

訪ねてきて、いきなり人払いせよとは横柄な態度だと思った。が、三右衛門は先代の主人である友信から、

——決して短気を起こすな。

と常々、言い含められていたので、顔には不快な表情を出さなかった。

侍の商人に対する態度は、江戸と大坂ではまったく違う。商人の多い大坂では、威張りきった侍はめったにいないが、江戸は何でも頭ごなしに乱暴な言葉を浴びせる者が多い。それに腹を立てるなと言われたのだ。

無駄話は嫌いなのであろう。後藤は奥座敷に入るなり、

「耳寄りの話がある」

「なんでございましょう」

「幕府は銅を欲しがっておる。長崎交易のためだ」

「長崎交易……」

「これまでの銀払いを、銅払いにしたい。そう、勘定頭差添役の荻原重秀様から通達があった。よって大量の銅が欲しいのだ」

「大量の銅……」

　三右衛門は後藤が言うことを繰り返すだけで、本意が見抜けないでいた。

「おまえも商人の端くれならば、大儲けをする好機であることくらい分からぬのか。長崎交易とは、諸大名を差し置いて、公儀だけが儲ける仕組みだ。その仕組みの中に、『泉屋』を入れてやろうというのだぞ」

「へ、へえ……さいですか……」

　何とも気のない返事をした三右衛門に、後藤は険しい目を向けた。だが、三右衛門は上方商人らしく、やんわりと断った。

「いきなり、そう言われましても、はいそうですかと、お引き受けすることはできません。私どもは銅を扱っている商人であり、この店も銅買い付けの出店に過ぎません。

長崎交易で支払いに使うような莫大な銅は、到底、無理でございます」

身の丈を知っているつもりだと、三右衛門は付け加えた。

初代の政友の法号から、後に「文殊院旨意書」と呼ばれる家訓を、住友の主人や奉公人は大切にしていた。

――商売のことは言うまでもないが、何事にも心を込めて励め。

――相場より安い物が持ち込まれても、出所の分からぬものは、盗品と心得よ。

――誰であろうと宿を貸したり、物や金の貸し借りをするな。

――他人の仲介人や保証人になるな。

――人様にどのような酷《ひど》いことを言われても、短気になって言い争いをせず、繰り返し丁寧に説明をせよ。

などの教えが記されている。

三右衛門としては、初代の遺訓を自分なりに解釈して、持ち込まれたうまい話に飛びつかず、相手を見極めようとしたのだ。ましてや、勘定頭差添役の荻原重秀の使いの代官と名乗っている。騙《かた》りの類《たぐい》かもしれぬと疑っても仕方がなかった。

「たしかに、うちは大坂では一番の銅屋でございますが、江戸では新参者も同然。なんでまた、そんな大層な話を惜しげもなく、うちに持ち込むのでございますか」

「迷惑なら退散する」

「まあ、お待ち下され。私ら上方の者は、チャキチャキの江戸っ子と違って、のほほんとしているあかんたれでございます。それに加えて、私は頭がちと鈍うございますよって、分かりやすいよう、お話し下さいませんか」

丁寧に頭を下げて、三右衛門は引き止めた。三右衛門から見れば、後藤は子供ほど年が下であろう。後藤の顔はいかにも、

——せっかくの良い話を持ってきてやったのに、無下に追いやるつもりか。

とでも言いたげだった。

「たしかに、うちは……『泉屋』三代目の友信様の代になりまして、少しばかり銅山も営んでおります。ですが、まだまだ新参者ですから、奥羽の大きな銅山には手を伸ばすことができまへん。天領の小さな銅山ばかりに関わらせて頂いてるだけでおます」

鴇《とき》銅山、立石《たていし》銅山、阿仁銅山、幸生《さちう》銅山、吉岡銅山などがそれだ。中でも、吉岡銅山に関しては、貞享元年（一六八四）の吉岡銅山請負願書に見られるように、銅山経営について並々ならぬ決意と自信に満ちた内容を、公儀に届けている。

「ですが、やってみて銅山を営むのは大変やとつくづく思うてます。銀山ならば儲け

が大きいので、いわば誰でも始められますけど、銅山には元金がかかる割には、儲けが薄いさかい、正直私なんかは、銅吹き屋に徹した方がよろしいと思うてま」

「さようか。ならば『大坂屋』にでも頼むとする」

後藤はあっさりと言って立ち上がった。『大坂屋』とは、『泉屋』と双璧の銅屋である。その名を聞いて、三右衛門の眉間《みけん》がピクリと動いたが、慌てることもなく、

「さいですか……どうぞ、『大坂屋』さんにお頼み下さいまし。あそこなら、ご公儀の要望に応えられると存じます」

「欲のない奴だな。気に入った」

「え……？」

「信頼できそうな奴だと思うたのだ」

後藤は見下ろしたまま、三右衛門に突き付けるように、

「断る前に、それを見れば、おまえも腰を抜かすであろう。御家大事であれば、俺の言うとおりにした方が、『泉屋』のためだ」

と強い口調で言って、一枚の綴《つづ》り本を差し出した。それを手にした三右衛門は、思わず目を凝らして、

「――これは……」

「まだ、ハッキリとは分からぬが、四国の山の奥に銅鉱が眠っておる。どれほどの大きさで、どれほどの深さがあるのか。果たして、如何ほどの富を生むのか、それは発掘をした者次第だろう」

　公儀隠密が調べたことがつぶさに記されていた。

「四国にはまったく縁がないものですから、いえ驚きです」

「俺も初めは疑った。これまで特に東国や奥羽の銅山《やま》を歩き廻ったが、どこの銅山の鉱夫からも、山師からもかような話は耳にしたことがなかった」

　山師とは本来、鉱山を営む者のことを言うが、山を師として、霊山を巡って修行する修験者のことも意味していた。修験者とは、山伏や法印とも呼ばれ、山で修行をして神霊と交わることで霊力を身につけ、里に下って験力や法力を使って加持祈禱《きとう》を行う半僧半俗の修行者だ。

　その中には、金鉱や銀鉱、銅鉱などの露頭を探し出す技術を持つ者も出てきた。そのお陰で諸国に宝の山を見つけることができたのだ。当然、その情報は為政者に入ってくる。格別な褒美を与え、最も利用したのが豊臣秀吉であった。

「その秀吉公が四国攻めをしたのは、山中に宝があると知っていたからだ」

「え……ええ!?」

突拍子もない後藤の話に、三右衛門は戸惑った。

「だからこそ、秀吉公は無用な戦を仕掛けて、この新居の地を奪い取ったのだ」

綴り本の中にある燧灘に面する新居・宇摩の絵図面を見せた。さらに背後に描かれている山々の地図を指しながら、

「幸いこの辺りは天領だ。大手を振って踏み込める。この秀吉公の宝が嘘とは、俺には思えぬ。なぜならば……」

言いかけて、後藤は口をつぐんだ。

「まあ、その話はよい……俺は公儀より上方の和泉《いずみ》に所領を得て、代官の拝命を受けた。その上で、直ちにこの宝の山に近い、川之江の代官となることとなった」

「川之江……ですか」

三右衛門は名も知らぬ土地であった。

「この話は手土産だ。早く大坂本店に報せて、善処するがよい」

「へえ。ありがとうございます。ですが、後藤様……なんで、うちにこの話を……」

「先程言ったが、俺はあちこちの鉱山を巡った。そんな中で、掘子《ほりこ》……鉱夫たちが一番褒めていた山師が『泉屋』だ」

ここでいう山師とは、鉱山経営者という意味である。

「金払いはいいし、掘子たちへの気配りもよいとの噂だ。山の噂は谺《こだま》よりも速いというからな」

「鉱山については遅れを取ってますから、山で働く人たちに、迷惑や不具合があってはあかんて、ご主人様が……」

努力をしていると、三右衛門は伝えた。承知しているように後藤は頷いて、

「――それにな……夢を見たのだ」

「夢……？」

「ご先祖様が夢に出た。桓武平氏を祖を称するとする『泉屋』ならば、間違いなかろう、とな。俺の先祖も桓武平氏……いや、本当の素性なんぞ分からぬがな。むふふ」

後藤は初めて笑みを浮かべたが、三右衛門はまだ半信半疑でいた。

三

大坂は淡路町にある『住友』本店に、三右衛門の文を届けに早飛脚が来たのは、その数日後のことだった。

武家屋敷と見紛うような海鼠塀《なまこべい》に囲まれた本店は、この町全体を占める広さだった。

大きな蔵が建ち並び、店先から店内にかけては、取引先の商人や職人などが激しく出入りしており、奉公人が忙しく立ち廻り、大変な活況を呈していた。

この地に京から本店が移されたのは、寛永七年（一六三〇）のことである。二代目の友以が内淡路町に銅吹所を開設してから、七年後のことだった。さらに六年後の寛永十三年（一六三六）には、湊《みなと》に近い長堀茂左衛門町に銅吹所を新たに作り、益々、家業を繁盛させていた。

長堀川沿いの土地を次々と買い足し、鰻屋町筋に至る所のほとんどは『住友』本店と銅吹所が占めるようになり、川沿いの一帯は〝住友の浜〟と言われるほどになったのだ。

そのため、海運にも利便性のあるこの界隈には他にも銅を扱う業者が集まり、銅吹所が十七軒、銅問屋が十八軒、仲買が十二軒と増え、まさしく大坂随一、いや日の本一の〝銅の町〟を形成するようになっていた。それは、『住友』が銅吹きの技術を惜しげもなく同業者に教え、広めたからである。

三代目主人の友信は不惑の男盛りで、吉左衛門と名乗り始め、以降、当主はこの名を襲名することとなる。

友信は、すでに備中吉岡銅山と出羽幸生銅山を営んでいたが、大成功をしているとは言えなかった。銅山は掘れば掘るほど水が出てくるため、水没した銅鉱はそのまま放置するしかない。そのため、幾ら投資をしたとしても無駄になることが多かったのだ。

文字通り泥沼に入っている状況のときに、大量の銅を掘れと公儀から命令が来たのである。天領で銅山業を営ませて貰っている『泉屋』としては、ふたつ返事で請け負う事案であろうが、友信はどうしたものかと早飛脚から届けられた文を見て、溜息をついた。

何処からともなく、奥座敷に川風が吹き込んでくる。ひんやりと感じるのは、本店に隣接する銅吹所の作業場で、高熱を発しているからである。

銅吹きの精錬作業は、吹所大工と差《さし》という手伝いがふたりがかりで、吹床にて行う。南蛮吹き、合吹き、間吹きなどの工程に応じてある数々の炉には、真っ赤な炭火が常に燃えている。この匠の技は、親子が師匠と弟子の関係になって、特殊な技を伝えることもあった。

そんな大勢の職人が頑張っている様子が手に取るように分かる。

——この者たちを、そして掘子たちを少しでも楽させるためには儲けねば……。

という思いが友信の脳裏を過ぎるが、三右衛門の考えどおり、公儀の提案を受け入れて良いかという判断には慎重だった。お上を信じないわけではないが、上手《うま》く利用されて大損を被るのは商人の方だからである。

「旦那《だんな》様……」

声を掛け、襖《ふすま》を開けて入ってきたのは、田向重右衛門《たむきじゅうえもん》という支配人であった。だが、支配人らしからぬ一見、気弱そうな、人の好さそうな顔だちである。

『泉屋』では、子供から手代になり、平役の手代から、役頭、元締、支配人と出世していく。支配人はおおむね〝番頭〟と呼ばれていた。番頭は手代たち配下とともに下男下女たちを束ねる、主人に次ぐ重責を担っていた。

「丁度よかった、重右衛門……これを読んでみてくれ」

重右衛門はいかにも商人らしい所作で、文を受け取ると、慎重な気質なのか丁寧に文字を追った。その目は住友の家業と数十人の奉公人の暮らしを背負う気迫に満ちていた。

「——四国の……伊予の山の中に……！」

一瞬にして、重右衛門の瞳がキラリと輝くのを見て、友信は不思議そうに、

「なんや。心当たりでもあるのかい」

「あ、いえ。そうやありまへん……これは旦那様。願ったり叶ったりやおまへんか」

重右衛門の目がさらに丸くなった。

「おまえは、そう思うのかい」

「はい。千載一遇の好機とはこのことでおます。実は私も今、吉岡銅山のことをお伝えしようと思ったばかりなのです」

「吉岡の……やはり、あかんか……」

「そんなことはありまへん」

重右衛門は、今し方、吉岡銅山の手代頭・原田為右衛門《はらだためえもん》から届いたばかりの文を持って、主人の友信に報せにきたのだった。

備中吉岡銅山は初め、大同二年（八〇七）に銀山として開発されたというから、平安時代から操業されてきた。その後、応永十年（一四〇三）には銅山として採掘されていたと伝えられている。『泉屋』が営み始めたときには、すでに西国一の銅山であった。

しかし、百余りある間符《まぶ》と呼ばれる坑道は掘り尽くされたか、湧き水によって水没していた。いわば枯渇寸前の銅山を掴まされたようなものだった。『泉屋』が乗り出す前に、『天野屋』など何軒かの大坂の銅屋が手がけていたが、いずれも湧き水が大きな原因となって頓挫《とんざ》していた。

だが、友信はそれまでの陸奥や出羽の幾つもの銅山経営の経験を踏まえて、採掘技術を向上させていた。それに加え、年に銀千七百枚という、他の銅屋の数倍の運上金を払ってまで、十年という長い採掘年季を幕府に嘆願していた。財力を活かして、長い年季を望んだのには深い訳がある。湧き水対策のため、水抜き坑道を作るのに時がかかるからだ。

それ以前の銅屋は、湧き水は放置していた。それゆえ、まだ掘り出せる銅鉱があるにも拘わらず、水中に眠らせていた。友信は、まさに水底の宝を掘り出すために、湧き水を間符から出す普請を手がけたのだ。

『泉屋』は天和三年（一六八三）から水抜き坑道の掘削を始めていたのだが、岩盤は固いし、まだまだ時がかかる大事業である。だが、ここを乗り越えれば、格段に生銅量は高くなることは間違いないと、友信は確信していた。

ところが、湧き水はいわば銅に汚染された水であるから、川に流すことを、近在の農民からは反対されていた。そうこうするうちに基本の年季である五年が過ぎたが、貞享元年（一六八四）になって、さらに五年の延期を許されたのだった。運上金を請負制から、掘り出した銅の一割相当を、毎月支払うという歩合制に改めたからである。

それから、すでに四年が過ぎている。水抜き坑道の完成の目途は立っているが、まだ様々な問題は残されていた。だが、重右衛門は目をギラギラと輝かせて、

「長くとも後二、三年あれば、水抜き坑道は完成すると思います」

「ほんまか……」

「へえ。今は採掘できる間符は限られてますが、水さえ排出できれば、幾らでも掘り出すことができましょう。ですが、正直言って、長い間、掘り尽くされてきた銅山ですから、いつかは枯渇します」

「ああ……」

「ですから、此度《こたび》の四国別子の話は、ほんまに宝船が向こうから来たようなものではありまへんか、旦那様」

重右衛門はさらに身を乗り出して続けた。

「吉岡銅山に大金を掛けて、水抜き坑道の普請をした甲斐があるというもんです」

「おまえも、そう思うてくれるか……」

「ええ。他の何処の銅屋にも、この水抜き坑道を作る考えも技もおまへんやろ。つまりは、別子の銅山《やま》を預かったとしても、水と戦いながら、まともに採掘できるのは、『泉屋』だけやあらしまへんやろか」

「なるほど、怪我の功名だな」

「とんでもありまへん。旦那様に先見の明があったからこそです……他の銅屋はまさに、ひと山当てたろうちゅう考えでっさかい、水抜きのことなんぞ考えなかった。掘り尽くしたらハイお終《しま》い。これじゃ盗っ人と変わりまへんがな」

「これ、口が悪うおっせ」

友信がキッと睨みつけると、

「相済みません」

すぐに自分の太い唇を抓《つま》んでから、重右衛門は頭を下げた。

「けど、旦那様……ほんまにこれは、吉岡鉱山のためにも、これからの『泉屋』のためにも、ええ話やと思います。長崎交易で、金銀が不足してるちゅう話は耳にしてますし、寛文十二年（一六七二）に、御公儀が〝貸物市法商売法〟を出した頃から、いよいよ銀は危ないと旦那様も承知してたはず」

「ああ。もちろんや」

「そやさかい、銅に目をつける商人も仰山、現れましたが、私ら古くから銅屋だけは、〝古来銅屋〟十六軒と呼ばれて、御公儀からなんとか銅商いを許されました」

重右衛門は商機を得たりとばかりに、意気揚々となって、

「この際、長崎にも出店を出す支度も考えておいた方がようおますな。ええ、これからは銀使いやのうて、銅使いの世の中になるかもしれまへん」

「これこれ、そう先走るのは重右衛門どんの悪い癖だ」

いつもは呼び捨てでも、心やすいときには〝どん〟付けをする。その友信を見て、また重右衛門は唇を抓んだ。

「けど、旦那様……銅は、金と同じと書く。そう心得て商えと、政友様から言い伝えられておるではありまへんか。まさに、金に化け頃やと思います」

「そやけど、取らぬ狸のなんとやらでは困るし、糠《ぬか》喜びであってもなりまへん」

友信は慎重そうな顔つきになって、

「まだ肝心の銅鉱が見つかってないのですから、それはどうするつもりや。江戸店の三右衛門が案じてるのも、そのことや」

「そのことなら安心して下され。吉岡銅山には、おもろい男がおるとの噂ですわ」

「おもろい男……」

「私もまだ会《お》うたことはありまへんが、この際、私を、吉岡銅山の支配人にさせて下さいませんか」

「ええ？　本店はどうするのや」

「旦那さんがおるやおまへんか。それに頼りになる四代目友芳様も、近頃はとみに賢うなってきましたで。今こそ、『泉屋』の新しい灯《あか》りをともすときでっせ」

何か勝算があるのであろう。重右衛門はポンと膝を打って、すぐにでも備中に発《た》ちたそうな表情になった。そんな支配人を、友信は信頼しきった顔で見つめていた。

四

大坂はまだ冬の海風が厳しいが、備中の山間《やまあい》には梅が咲き始めていた。瀬戸内の穏やかな陽射しは、柔らかな山肌を包み込んでいて、鶯《うぐいす》の声も響いていた。

倉敷から高梁《たかはし》川沿いの細い道を歩き、両岸に広がる小さな城下町を通り、臥牛山《がぎゅうざん》の山上に聳《そび》える備中松山城を遠目に眺めながら、吉岡銅山に近づいてきたときには、とっぷりと日が暮れていた。

かつて尼子氏の支配のもとで、吹屋銅山と呼ばれていた頃は、社寺遊女町が軒を並べていたほど栄えていたという。だが、その面影は残しているものの、江戸時代になってからは斜陽気味であった。

とはいえ、彦坂という倉敷代官の尽力によって、江戸や大坂、岡山などの銅山師が経営に携わってきた。

吉岡の名は、佐渡金山の吉岡山に由来する。銅山を盛り上げたいという彦坂の熱き思いで、吉岡銅山と命名されたのだ。その情熱を受け継ぐように、今は『泉屋』が担っている。水抜き坑道の成功によって、多大な富を生み出すのは、もう間近であった。田向重右衛門としても、まさに今こそが住友『泉屋』の転換期であると睨んでいたから、足取りも軽かった。

月は出ているものの、霞《かすみ》がかかっている。しかも鬱蒼《うっそう》とした山道ゆえ、足下が暗いから、小石や落ちている小枝などにつっかえながら道を進んできた。だが、しだいに道幅が狭くなり、先程まで聞こえていた渓流の音も遠のいている。

「——妙ですね、田向様……道を間違えたのでしょうか」

供に手代と下男のふたりを連れている。年配の義蔵《よしぞう》という狸腹と、若くて屈強な亀《かめ》助《すけ》という者だ。亀助は重右衛門の荷物も背負っており、まるで強力《ごうりき》のようだった。

「いや、間違いはない。一旦、山の上まで登って、そこから下る道があるはずだ。前に一度、来たときも、もしや……と不安になったが、わざわざこのような道にしているのは、敵襲に備えた尼子氏の考えかららしい」

「さいですか……だったら、いいんですが、猪とかに出られたら、恐《こわ》いですわ」

義蔵は臆病風に吹かれたのか、俄《にわか》に体を窄《すぼ》めたが、亀助の方は妙に肝が据わってい
て、何が出てきても自分が守ると胸を叩いた。下男なのに頼もしいと重右衛門が笑っ
たとき、
——ガサガサ。ガサガサ。
と風もないのに、不気味に灌木の枝や熊笹が揺れた。
「猪か……いや、鹿かもしれまへん」
前に出た亀助は、重右衛門を庇うようにたちはだかった。
だが、草むらから飛び出してきたのは、数人の男たちだった。獣ではなかったが、
寒さしのぎに毛皮を纏っている。
「!?——なんや、おまえらはッ」
怯《ひる》むことなく亀助の方が怒鳴りつけた。継ぎ接《は》ぎだらけの野良着姿の男たちは、舐
めるように重右衛門たちを睨みつけてから、
「黙って金目のものを置いてくか、命を落とすか、ふたつにひとつじゃ」
兄貴分らしい背の高い男がニヤリと笑った。それぞれ浅黒い肌で、手足は筋肉で盛
り上がっている。しかも鉈や鎌を手にしており、中には短刀を持っている者もいて、
威嚇《いかく》してきた。重右衛門たちも道中脇差《わきざし》を差しているから応戦はできるが、相手は物

盗《と》りを繰り返しているような輩《やから》なのであろう。相手を恐れる態度はみじんもなかった。

だが、亀助はズイと前に出ながら、道中脇差を抜き払った。

「命を落とすのはおまえたちの方や。野盗なんぞに情けはかけへんぞッ」

商人のくせに随分と喧嘩慣れした口調である。

事実、亀助は「難波は俺の縄張りだ」とばかりに大暴れをしていたときがある。借金苦で二親に死なれ、惨めで悲しい気持ちを何処に吐き出してよいか分からぬガキの頃のことだ。そんな亀助を救ったのが、住友友信だった。

「待ちなはれ、亀助。この者たちは野盗かもしれんが、鬼や夜叉じゃあらへん。なんか事情があんのやろ」

重右衛門が制するように言うと、その余裕のある様子が余計に気に食わなかったのか、男たちはさらに乱暴な態度になった。それでも、重右衛門は相手を刺激せぬように、

「暮らしに困ってるのでっか？　先頃の飢饉は諸国にも広がってたさかい、気持ちは一緒だす。それでも、人様から金を巻き上げるようなことをしたら、あきまへんがな。お天道様も見てまっせ……あ、夜か。お月様かて同じ思いだっしゃろ」

と前に一歩進んだ。その途端、

「ふざけやがって！」

背の高い兄貴分がいきなり踏み込んで、重右衛門を突き飛ばした。野盗らに比べれば華奢《きゃしゃ》な重右衛門は後ろに吹っ飛んだが、義蔵と亀助が支えた。それでも、重右衛門はいたずらに恐がることはなく、

「近在のお百姓さんじゃないのかい」

と訊いた。中には、被《かぶ》り笠に簑《みの》を着けた者もいたので、そう思ったのだ。

百姓というのは、米作りをする農民だけを指すのではない。海の漁民や山の猟師、職人、鉱夫など様々な人々を含めて、まさに百の姓《かばね》を意味していた。

つまり地主や村の人々が認めた者でなければ、百姓とは名乗れなかったのだ。苗字帯刀は許されていなかったが、それも表向きのことで、代々の家を表す苗字は誰でも持っていた。武士に遠慮して名乗らなかっただけで、刀を持ち歩くのも禁止されていたが、大抵の村には槍や鉄砲などと一緒に、ある程度は保管されていた。

だが、目の前の者たちは、鉈や鎌という身の回りの野良仕事の道具しか手にしていない。一揆などをするときに、筵《むしろ》を旗印に鍬《くわ》や鎌を持つのは、百姓だという示威行為に過ぎず、実際は武士並みの武器を使うことが多かったのだ。

「お百姓さんという立派な身でありながら、そんな真似をしたらあきまへん」

諭すように言う重右衛門を、野盗たちは喧嘩を売っているようにしか見えなかったのであろう。さらに突っかかろうとしたが、今度は亀助が道中脇差をブンと鳴らして、前に出て立ちはだかった。それをも、重右衛門は止めて、

「あかんて、亀助。そないなことしたら、喧嘩になるだけやがな……なあ、みなさん。私はからかってる訳やありまへん。商人というのは、物を右から左に移すだけで稼いでいる一番の下っ端です」

わざと謙《へりくだ》ったような、その言い草も相手には気に入らなかった。

「けどな。たしかに商家ではありますが、うちはちょいと違います。ちゃんと銅を精製して、物作りをしとります」

「銅……」

野盗たちは、なぜか気まずそうに顔を見合わせた。

「そうだす。私らは、この先にある吉岡銅山に用があって来たんだす。もっとも、今はほとんど水没したままで採掘できてまへんがな。そのうち、近在の村々も潤わせることができると思いますさかい、あんさんたちもこんな真似をせんかてようなります」

「黙れ。明日の千両より、今日の一両や。とっとと金目のものを置いて立ち去れ」

背の高い兄貴分がさらに声を荒らげるや、一斉に重右衛門たちに襲いかかった。もはや避けられない争い事だった。亀助は自分たちの身を守るために、道中脇差で相手に斬りかかり必死に抵抗した。

だが、相手はあまりにも手慣れていた。ひとりに対して、二、三人がかりで羽交い締めにして、あっという間に荷物や財布を奪い取るのだ。逆らいさえしなければ、それで済んだが、下手《へた》をすれば命まで取られる。仕方なく重右衛門は、義蔵と亀助に大人しくしているようにと命じた。

それでも、野盗たちは重右衛門を殴りつけ、金目のものだけではなく、着ている物まで剝《は》ぎ取ろうとした。梅が咲く時節とはいえ、山中で丸裸にされたのでは体を壊してしまう。

「命を落とすよりマシだろう。さあ、とっとと脱ぎやがれ」

野盗たちは無造作に羽織を奪い、帯を乱暴に解き、腹に巻いた晒《さらし》までひっぺがそうとした。が、これだけは勘弁してくれと、重右衛門は必死に抗《あらが》った。

晒の中には、大切そうに袱紗《ふくさ》に包んだ薄っぺらいものが隠されていた。

「なんじゃ、これは。とっとと出さんかい」

乱暴に手を突っ込む兄貴分に、

「どうか、これだけは……先祖から伝わっているお守りなのです。どうか、どうか……」

「やかましい。さっきまでの威勢は何処へいった。裸にされても、儂ら相手に説教垂れてみんかい」

「もう堪忍して下さい。本当にこれだけは、どうか。でないと……」

「でないと？」

兄貴分がギョロリと目を剝《む》いて、険悪な顔になった。だが、重右衛門の方も俄に凄みのある形相《ぎょうそう》になって、

「――殺しまっせ」

「なんだと……」

「どんな阿漕《あこぎ》な真似をしても、人には一分の情けを残しておくもんだす。それが、できないなら人でなしや。人でないなら、殺しても罪にはならん。こっちも本気だっせ」

重右衛門が眉間に皺《しわ》を寄せて睨み上げると、兄貴分はほんの一瞬、たじろいだが、逆上したように奇声を発して斬りつけた。わずかに避けたものの、短刀の切っ先が重右衛門の肩を切り裂き、鮮血が散った。

弾みで、手にしていた袱紗がふわりと飛んで道端に落ち、カチリと音がした。俄に物凄《すご》い形相になった重右衛門は、毅然と野盗たちを睨みつけて、

「やれるもんならやってみぃ！　次に手を出したら、おどれの首なんぞへシ折るで！」

と怒鳴り返した。腹の底から絞り出す異様に野太い声だった。義蔵と亀助も吃驚して、後退りしてしまうほどだった。

兄貴分は唾を飲み込んで、着物や荷物を抱えている手下たちに、

「長居は無用じゃ。おい、みんな。引け引けえ」

と駆けて逃げ出そうとした。

そのときである。その先の宵闇に、すうっと幽霊でも現れるように人影が浮かんだ。

「やめとけ。おまえら、またそんなことをしてるのかッ」

儚《はかな》げな姿に見えたが、声は朗々としており、近づいてきた男は野盗たちよりも屈強だった。無精髭《ぶしょうひげ》を蓄えた顔だちは、淡い月明かりに凜と輝いている。年の頃は三十半ばの男盛りであろうか。

「頭領《かしら》のおでましかいな」

重右衛門が声をかけると、屈強な男は表情を変えないまま、道端に落ちている袱紗

を拾い上げながら、

「おまえたちの敵《かな》う相手やなさそうじゃな。返してやりな」

と言って、野盗を追っ払う仕草をした。

そのとき、袱紗からずり落ちそうになった中身を、屈強な男はさりげなく見た。途端、吃驚したように、キラリと瞳が輝いた。

――これは……。

という表情になったが、屈強な男は何も言わず元に戻して、今度は少し乱暴な口調で追っ払った。

野盗たちは文句のひとつも垂れず、素直に奪ったばかりの獲物を置いて、逃げるように立ち去った。まるで、まずいところを見られてバツが悪そうな子供たちのようだった。

「日が暮れて、こんな山道を歩くあんたたちも悪い。この先には、行き止まり同然の銅山があるだけや。帰るがええ」

屈強な男が情け深い声で言った。物静かではあるが、余計な詮索はせずに立ち去れと威圧しているようにも見えた。それでも重右衛門の肩口の傷を心配し、応急処置をしようとした。だが、重右衛門は腰を折って礼を言い、亀助らに手当てをさせ、着物

を着ながら、

「助かりました。下手したら、ほんまに殺されるとこでしたわい。ですがな……私たちが用があるのは、その吉岡銅山なんです」

「ほう。水没して、ろくに採れない銅山にかい」

と男は袱紗を重右衛門に手渡しながら、

「こんな所に来るとは、酔狂な人じゃな。一体、何者だい」

「へえ。私は、住友『泉屋』の支配人で、田向重右衛門という者でして、銅山におる長兵衛という鉱夫に会いに来ましてん」

「——長兵衛に……!?」

「ご存じでっか」

「ああ。よう知ってる。ならば、ついて来るがええ……それにしても、『泉屋』の人なら先に言うたらいいのに。吉岡銅山の山師なんだからよ」

屈強な男は背中を向けて、狭い山道を奥に向かって歩き出した。重右衛門たちは顔を見合わせてから、言われるままに従った。

風がふいに吹きすさび、どこかで、梟《ふくろう》の鳴く声が響いた。

五

石灯籠《いしどうろう》に浮かぶのは、噂に聞く美しい町並みだった。

山間の高台に突然、「出現する」と表現するのに相応《ふさわ》しい町で、ゆるやかな坂道の両側には、同じ高さの軒の屋敷が並んでおり、いずれも立派な赤っぽい瓦屋根であった。紅殻《ベンガラ》格子に朱色の壁の妻入り家屋で、まるで商家が並んでいるようだった。坑道が水没して衰退したとはいえ、かつて銅山として栄えた所であることを物語っている。

紅殻の製造法が完成するのが宝永年間になってからで、大量生産できるのは、さらに時代が下って安永年間。代官のもとで株仲間が出来て特産となるのは、幕末になってからである。商人たちの荷駄が街路に溢れかえるのも明治期になってからだが、すでに旅籠《はたご》や醬油屋、酒蔵などもあり、銅山が休業中であっても、近在の村々に比べれば裕福に感じられた。

むろん、わずかながら残された銅鉱から産出はされており、土から採れる独特の成分から紅殻と呼ばれる顔料が作られていた。紅殻は、古くから暮らしに根付いているもので、陶器や漆器に利用され、防虫や防腐剤としても使われてきた。年数が経《た》ってもあまり色褪《いろあ》せないので、目にも鮮やかだった。

「お帰りなさい、頭領」

「どこへ、行ってたんですか」

「時々、ふいにいなくなるから、みんな心配してましたぜ」

「もしかした高梁の城下まで、女郎漁《あさ》りですかい」

「安女郎なら、ここにもおりますがな」

などと紅殼格子が開いて、商人やら職人、茶店の女将《おかみ》から飲み屋の主人、さらにはモッコ運びの人足などが次々と声をかけた。まるで、町名主のように下にも置かぬ態度だったから、重右衛門は何者だと目を白黒させていた。

ふと一角を見やると、先刻の野盗の姿もあって、気まずそうに俯《うつむ》いて、近くの路地の奥に消えた。それに重右衛門は気づくと、屈強な男がポツリと、

「あいつらは渡り鉱夫だが、仕事にあぶれて、野盗の真似事をしてるんだ。言っとくが、鉱夫は腕一本で生きてる者が多い。だから、ああいう輩は少ないが、やむにやまれぬ事態になったのは、『泉屋』さん、あんたら銅山の山師のせいですぜ」

と言った。

「私らのせい……?」

「そうじゃないか。鉱夫たちは日銭で暮らしてるんだからな。坑道が水没したままだったら、働き場がない。見切りをつけて他の鉱山《やま》に行くのが当たり前だ」

そして、まだ煌々と灯《あか》りのついている町通りに向かって、

「いいか、皆の衆！　盗み騙りの類をした奴は、この俺が許さんから、そう思え！　特に渡り鉱夫！　つまらん了見を起こすと、お上が捕らえる前に、俺が始末つけるから、そう心得ておけ！」

朗々と谺《こだま》する屈強な男の声に、気易《きやす》く声をかけていた者たちも背筋を伸ばして、もっともだと頷きながら聞いていた。

「だから、同じ組内の者は粗相がないよう、お互い気を配ってやれ。いいな」

村々で行われている五人組のようなことが、この銅山の集落にもあるのだろう。

むろん、重右衛門は『泉屋』の支配人として赴任してきたのだから、地元の状況は承知しているつもりだ。しかし、周辺の農村と余所者が入ってくる鉱山の習わしは自ずと違ってくる。いつ落盤や出水が起きるか分からぬ所で、命を張る仕事である。ゆえに、何事も合議で決めるよりは、目の前の男のような頼りがいのある頭領が必要なのだ。

「重右衛門さん。お待ちしとりました」

勘場《かんば》のある役所にしている屋敷から、小柄で小肥《こぶと》りの商人が出てきた。鼻にほくろがあって、妙に人懐っこい顔だちである。吉岡銅山を任されている手代頭の原田為右衛門である。

「明後日辺りと思うとりましたが、早いお着きで」

深々と挨拶をする為右衛門に、重右衛門もねぎらうような声で、

「色々と御苦労やったな。吉岡の様子を詳しゅう文で送って貰《もろ》うて、随分と助かった。お陰で、新しい商いの船出ができそうや」

「とんでもございまへん。銅山を預かる者として当たり前のことをしたまでですさかい」

「早速やがな……文にも書いておった長兵衛に会わせてくれんか」

「長兵衛はんなら、そこにおりますがな」

為右衛門は、重右衛門の隣に立っている屈強な男を指した。

「え？　あんさんが……だったら、なんでさっき名乗ってくれなんだのです……」

訝しげに振り向く重右衛門に、長兵衛と呼ばれた男は、それには答えず、

「俺に会いたいなんて言うのは、恨みのある奴か、お上の追っ手くらいじゃろうからな。ちいとばかり用心したまでじゃ」

と意味深長なことを言った。

「さいですか。あんたが噂に聞く、〝切上《きりあが》り長兵衛〟さんですか」

重右衛門は憧れの人にでも会ったかのように、眩《まぶ》しそうに見上げた。

〝切上り長兵衛〟と綽名《あだな》されているのには訳がある。ふつう坑道は掘り下げていくものだが、長兵衛は上へ上へと切り上げていく技が得意であった。そうすることで、鉱脈を有効に掘削することができるし、採掘した鉱石も集めやすい。だが、誰もができる技ではないのだ。

長兵衛は阿波生まれだが、諸国の金山、銀山、銅山を渡り歩くうちに、鉱夫たちの束ね役となった。この吉岡銅山には、鉱夫だけではなく、選鉱役や砕石役、竈《かまど》役から銅吹き役、仲持《なかもち》という運搬人などを含めて、六百人ほどが働いているが、これら職人集団を束ねているのが、長兵衛であった。

「以前、出羽の幸生銅山におったらしいが、その銅山を発見したのも、あんただと聞いたことがある。いわば『泉屋』の恩人やさかい、一度、会うてみたかったのや」

幸生の山中、大切沢で銅が見つかったのは、天和二年（一六八二）のことだった。銅山経営には後発組だった『泉屋』にとっては、幸運なことだった。最上川の上流にあるから、『泉屋』では最上銅山と呼んでいた。もちろん今でも稼行《かこうちゅう》中である。

だが、長兵衛は『泉屋』が水抜き坑道に着手して、潤沢であるはずの吉岡銅山の息を吹き返す事業を知って、こっちへ移ってきたのである。当然、当主の許しを得てのことであり、幸生に出向いていた銅山支配人とも話し合ってのことだ。

重右衛門が改めて、長兵衛に接触したかったのは、別子銅山を発掘するという新たな任務を依頼したかったからである。この〝密命〟はまだ口にしてはいないが、長兵衛も何か大事なことだと察したのか、

「うちで、じっくりと聞きましょう」

と緩やかな勾配の坂をさらに登り、稼行している笹畝《ささうね》坑道入り口近くにある屋敷に、重右衛門たちを案内した。

城の石垣のような堅牢な高台に建つ屋敷には、〝丸に長〟の幟《のぼり》が門前や塀沿いに幾つかはためいている。長兵衛邸であることを示しており、見張り櫓や火の見櫓もあって、一見すると戦国の砦に見えた。ここを中心に、鉱夫たちとその女房子供らが暮らす長屋が並んでいる。まさに職住一致であった。

武士でないから立派な門は憚《はばか》られるが、小さな冠木門《かぶきもん》がある。鉱夫たちは古来、武士とともに生きてきた。その気概に溢れていた。

奥の囲炉裏端に案内した長兵衛は、重右衛門を上座に座らせ、丁寧に腰を折り、両

手をついて挨拶をした。まるで読経か呪文のような朗々とした声であるが、素人《しろうと》にははっきりと聞き取れない。

「――お控えなさんせ、お控えなさんせ。手前、生国と申しまするは、阿波でござんす。阿波といっても吉野川を遡《さかのぼ》り、三好村から祖谷《いや》渓に入った山奥にて居を構えておりました父に従い、諸国鉱山を渡り歩いての稼業にござんす。祖父は出羽三山、熊野三山、葛城《かつらぎ》山、白山などにて修験道を学びし者、曾祖父は四国石鎚山にて修行を始め、親子孫代々、山の民として神仏に仕え、その間、験力《げんりき》にて金山銀山などの露頭《やけ》を見つけ出すことに長け、受け継いできた者にござんす。渡世上についての親と申しまするは、父親ひとりでござんす。いずれの山へ上がりましてもお師匠さま、またお友達の厄介、粗相になりがちの手前にござんす。行く末万端、ご昵懇《じっこん》にて、よろしくお引き立てのほど願っておきます」

渡り鉱夫独特の口上のようだが、定住することなく、修験道に励んだ者たちが元なのであろう。重右衛門は黙って聞いていたが、区切りの良いところで制して、

「私たちのような銅山を営む者を山師というが、本来は露頭を見つける仕事をする者こそ、山を師とする山師。その特殊な技能は、奥深い山中で厳しい修行をした修験者が編み出したものであることは、承知している……つまり、長兵衛はん。あんさんの

ご先祖は、修験者ですのやな」

「恥ずかしながら、俺も少々、主に白山で修行をした後、御師《おし》として働いたこともあるが、親父の意向もあって、山師になった。そうでもしないと、今のご時世、おまんまが食えないからな」

御師とは寺社に参詣者を案内したり祈禱したりする世話役である。だが、深山での修行は、鉱山のみならず、薬草取りや猪や鹿など獣の猟師などとも繫がりがあり、現実の暮らしに役立っている。その上、修験者と山の民同士の関わり、今で言えば情報交換は全国的に広がっており、世相なども詳細に伝わっているのである。

中でも、長兵衛のように、ひとつの銅山を任されるほど鉱夫を束ねる者は、その名が諸国に知れ渡っていた。つまり一声かければ、山の民がこぞって集まるのである。だからこそ、重右衛門は〝密命〟のために、長兵衛の力を借りたかったのだ。

「で……その密命とは……」

「先程も少し言ったが、四国は山城川の上流にある別子で、伊予の三島の祇太夫という者が試し掘りをしたことは、あんさんなら耳に入っとるやろ」

長兵衛はこくりと頷いたが、余計なことは言わなかった。

「これは他言無用にして貰いたいが、公儀隠密の話では、その山の下には深い鉱脈があるかもしれへんとのことや」

「…………」

「あんさんには、それを確認して貰いたいのや。事実ならば、あの辺りは天領やさかい、御公儀から許しを得て、『泉屋』で掘削をすることになると思う」

幕府と裏取引があるわけでは断じてない。『泉屋』もまた幕府に試されているのだ。だからこそ、重右衛門は何としても『泉屋』が稼行すると心に誓っていた。

「――へえ。別子のことは知ってる……だが、そこは西条藩の立川銅山の峰を越えた赤石山の南斜面にある……つまり同じ鉱脈かもしれんから、揉《も》めるのと違うかな」

阿波三好生まれの長兵衛は、後に銅山川と呼ばれるようになる山城川についても詳しい。吉野川の支流であるこの川や峰々には何度も足を踏み入れている。

「そやからこそ、あんさんに頼むのや」

「いや、それに立川銅山は、『泉屋』とは敵対してる『大坂屋』が営んでるのだぞ」

「もちろん承知してまんがな。当主の久左衛門さんは、私も顔見知りです……そやけど、立川は西条藩、新しい露頭は天領だっせ……御公儀直々《じきじき》に頼まれたことなのやから、遠慮は無用。露頭がほんまにあるかどうか、そして鉱脈を掘ることができるかどうか。それを見極めて貰いたいのや」

真剣な眼差しで長兵衛に訴える重右衛門の姿を、義蔵や亀助、そして為右衛門も心配そうに見つめていた。腕組みして唸《うな》っていた長兵衛は、ふと重右衛門に目を向けて、

「――先程のものを、もう一度、見せて貰えるかな」

「え？　先程のもの……」

不思議そうに見やる重右衛門に、長兵衛は袱紗のことだと言った。

「これが何か……」

「先祖からの大事なお守りだとのことじゃが、拝ませて貰っていいかのう」

「いや、それは……」

人様に見せるものではないと重右衛門が断ろうとすると、長兵衛は立ち上がって簞《たん》笥《す》から手文庫を持ってくると、おもむろに開けて見せた。

「これも、俺の先祖からのお守りでな」

長兵衛が差し出したものを見て、重右衛門は思わずアッと声を漏らした。

それは、〝三つ蜻蛉紋〟の割れたものだった。

「俺の先祖は、伊予新居の金子備後守に仕えていた黒瀬明光という武将でな。いつかは、その地に行ってみたいと思ってたんだ」

「…………」

「そしたら、別子の露頭の話だ……俺はぞくぞくっとした」

「まさか……」

重右衛門も袱紗から取り出して、〝三つ蜻蛉紋〟の片割れを出した。金子備後守の兜の家紋だと言いながら、合わせてみると、割れ口がピタリと合った。

——蜻蛉が二匹……。

口の中で呟いて、重右衛門は長兵衛の顔を改めて見やった。

「私の先祖は近藤保馬といって、やはり金子備後守の家臣やったが、天正の陣で敗れて逃げ延びた後、上方で商人になったとか。そうでもしないと落ち武者狩りで生き残れなかったと、親爺から聞いたことがある」

「俺の先祖は修験道に入り、あんたの先祖は商人か……」

「長年、薬売りをして金を貯め、やがて大坂の道修町《どしょう》で店を構えて、そこそこ繁盛したそうや。けど、男の子ができへんかったから、養子を貰ったとか。その後も女の子しかできず……俺の母親は『泉屋』と縁の深い田向家に嫁いだんだす」

「なるほどな……」

長兵衛は〝三つ蜻蛉紋〟の破片を見ながら、

「この家紋は、三匹の蜻蛉だから……後ひとり誰かいるということだ。知ってるか」

「さあ。私は何も……それにしても奇縁やなあ。これはもしかしたら、ご先祖様が導いてくれたのかもしれへん」

しみじみと重右衛門が言うのを、義蔵たちも感銘しながら見ていた。

長兵衛は合わせた〝三つ蜻蛉紋〟を軽く突いて、

「よし。俺の手の者を立川銅山に送ろう。そこから、探りを入れてみようじゃないか。もちろん、俺も出向く。実は、若い頃、しばらく立川銅山で働いたことがあるんじゃや」

と胸を叩いた。

「ひと山当てたら、重右衛門さんよ。ご先祖様も大喜びかもしれんぜ」

心の中にメラメラと燃えるものが沸き上がってきたのか、長兵衛は実に楽しそうに大笑いすると、十年来の友のようにガッと重右衛門の肩を抱くのであった。

赤銅の峰

一

切上り長兵衛が数人の手下を従えて、立川銅山の長谷坑道で働き始めて、わずか一月後のことである。

長兵衛は、峰を隔てた足谷山に露頭を見つけた。若い頃にしばらく勤めたことがある所ゆえ、道なき道をよく心得ていたからだ。その当時から、暇さえあれば、ぶらりと山に出かけて、後に銅山越え、あるいは銅山峰と呼ばれる山上から、瀬戸内海を眼下に眺めるのが好きだった。

――親父や祖父、曾祖父も通った道だ。

と感慨に耽《ふけ》ることが多かった。

修験者として親子三代にわたって石鎚山を始めとして、富士山、立山、白山の三霊山はもとより、大峯山、釈迦ヶ岳、伯耆《ほうき》大山など諸国の山々を巡った。長兵衛自身も父親に手を引かれて、遠く早池峰《はやちね》山から羽黒山、月山、湯殿山などの峰々を歩き廻った。

ゆえに、山全体を曼荼羅《まんだら》と見立てて、〝峰入り〟することには真摯《しんし》な心がけで向き合っていた。曼荼羅とは本質とか真理の意味合いがあり、〝峰入り〟とは修行のことだからだ。

だが、長兵衛は幼い頃から、神仏を尊崇する修行よりも、俗世間に繋がる金山や銀山、銅山を見つける方が性に合っていた。父親と離れてからは、山師の修業に精を出し、鉱夫たちの頭領になったのだ。そして、この地に舞い戻ってきたことに、長兵衛は喜びに浸りながら、手には〝三つ蜻蛉紋〟の欠片を握っていた。

露頭とは〝焼け〟ともいい、数千年の時をかけて地表に現れた銅鉱が風化し、酸化したものである。まるで銅吹きで溶かした粗銅のごとく黒っぽくなっている。

このような所に露頭があったとは、長兵衛は思いもよらなかった。つまりは、立川銅山と繋がる鉱脈か、もしくは違う鉱床があるということの証《あかし》だ。だが、野猿の声しか聞こえない深閑とした森の中、昼間でも足下が暗い茂みだらけの道なき道を、何町も歩かねば見つからない。

「さてもさても……三島の祇太夫とやらは、何故、このことを隠してたのか……」

長兵衛は太い腕を組んで、足下に広がる大きな露頭を見下ろしていた。今、立っている峰は天領であるから、代官支配のあった三島の祇太夫は幕府の方に報せた。そもそも祇太夫は道案内に過ぎず、公儀隠密が下調べをしに来たのかもしれぬ。

その話を持って、密偵が江戸表に伝えたのであろう。それゆえ、幕府の偉い人が判断をして、『泉屋』に発掘を投げかけたのだということに、長兵衛は納得していた。むろん、誰にも露頭のことは話さなかった。

立川銅山を営む『大坂屋』は、まさか長兵衛が銅鉱を探しに来たとは気づいていない。腕の良い鉱夫が請け負ってくれて有り難いと思っていた。事実、〝切上り〟の手法は人の三倍の速さで仕事をこなす。長兵衛と手下たちの掘削の技は他の追随を許さず、若い鉱夫たちの手本や励みにもなった。

長兵衛は密かに、吉岡銅山の田向重右衛門に手下を送り、さらに確たる調べをするべきだと訴えた。それを受けて、重右衛門が公儀に申し出て、天領内の足谷山に入ったのは、元禄三年（一六九〇）九月のことであった。

その直前、川之江代官所でのこと――。

備後鞆《とも》の津から船で伊予川之江に渡った重右衛門は、初めての面識となる代官に挨拶をするために立ち寄った。

江戸の中橋店の三右衛門から、文によって、代官の様子は聞いていた。まだ若いが、鼻持ちならぬ旗本で、あからさまに商人を見下し、そっくり返っているらしい。

だが、その代官が『泉屋』に別子の露頭の話を持ち込んできたのであり、その背後には、公儀勘定差添役の荻原重秀がいるというのだから、慎重に事を運ばねばならぬと重右衛門は、自らに言い聞かせていた。

金生川《きんせいがわ》の河口には蔵屋敷がズラリと建ち並び、湊には帆を下ろした荷船が何十艘も停泊しており、人足たちが威勢の良い掛け声をかけながら働いていた。四国の物資流通の要だったのだ。

川之江代官所は川を遡った左岸、鉄砲町にあり、立派な入母屋《いりもや》造り二層の櫓門を擁した千坪余りの広い敷地で、「一柳《ひとつやなぎ》陣屋」と呼ばれていた。今は天領だが、かつては伊勢国神戸《かんべ》藩から転封してきた一柳直家が藩主となって、この陣屋を置いたからである。

伊予国西条藩主は直家の兄であり、伊予小松藩主は弟だった。いわば江戸時代に入ってから、新居・土居は一柳家が支配していたのだ。しかし、直家に継嗣がなく、川之江は廃藩となり、天領になった。だが、今でも隣接する新居・土居とは切っても切り離せない存在になっていた。

重右衛門が川之江代官を訪ねるのは、天領内にある銅の鉱脈を調べる許しを得るためである。予《あらかじ》め文にて送っていたが、返事が遅いので、押しかける形になった。

櫓門を入るなり、重右衛門は代官手代や手付たちに呼び止められた。

「吉岡銅山の御支配の田向重右衛門様でございますな」

武士が商人に対して丁重に挨拶をした。戸惑う間もなく、代官の執務室まで通された。まるで待ちわびたように、

「遠路遥々、御苦労でござった」

と声をかけてきたのは、まだ若い屈強な武芸者という雰囲気の侍だった。

「代官の後藤覚右衛門である。以後、お見知りおきを」

「あ、いえ……こちらこそ、どうぞ、よろしくお願い奉りまする」

めったなことでは動じない重右衛門だが、偉そうな強面《こわもて》の代官と聞いていただけに、肩透かしを食らった。いや、何か腹に一物あるのかもしれぬと気を揉みながら、

「後藤覚右衛門様……『泉屋』の江戸店に訪ねて下さった後藤様でございますよね。ええ、三右衛門から伝えられております」

「さよう。あの後、御老中から川之江代官を命じられてな。大坂に所領を貰うた上で、はるばる来たが、四国もなかなか良い所よのう。瀬戸の海は穏やかで、山も青々として美しい」

と覚右衛門が褒めると、重右衛門も安堵した顔で、

「実は私めも初めてでございまして……もっとも、先祖は新居の出と聞いておりますので、里帰りに来たつもりで、御公儀のためにも頑張りたいと存じます」

「新居の出……」

覚右衛門が曰《いわ》くありげな目を向けると、

「ええ。でも、母方の遠い先祖になりますので、はい……」

と曖昧《あいまい》な返事をして、重右衛門は話を先に進めた。

「それより、後藤様。立川銅山の長兵衛なる者から報せが来たとのこと、すでにお報せしたと思いますが……」

「うむ。おぬしからの文を読んで、わくわくしておった。こちらから返さずとも、すぐに駆けつけてくると信じておったのだ」

大いなる期待をした目で、覚右衛門は嬉しそうな顔になった。

「今すぐにでも出立したいと思うておるが、おぬしは船旅で疲れておろう。今日のと

ころは、ゆっくりと体を休めて、明日にでも出かけようではないか。すでに、案内の者なども手配りしておる」

「これは畏《おそ》れ入ります」

「湯に浸かって体を解《ほぐ》すがよい。夕餉《ゆうげ》を取りながら、一献交わそうではないか。同じ瀬戸内でも、味わいが違うと思うぞ」

上機嫌の覚右衛門は、一介の商人の重右衛門に下にも置かぬ心遣いを見せ、ねぎらおうとした。

その夜、海の幸と山の幸を堪能しながら、覚右衛門は重要な話をした。

まず、どんなことがあっても、山城川の上流にある別子山村に露頭が見つかったことは、口外せぬこと。鉱脈が深くあったとしても、当面、吉岡銅山の稼行は行うこと。幕府との交渉は、『泉屋』が表に立たず、まずは後藤覚右衛門に任せることなどを約束させられた。

「――というのは、松山藩や西条藩に横槍を入れられたくないからだ。いずれも徳川家とは深い関わりのある大名ゆえな、揉め事は避けたいとのことだ」

覚右衛門は如何にも有能な旗本らしく、幕府の立場を伝えた。

「幕府が莫大な量の銅を欲している訳は、おぬしも承知しておろう。まだ、ここだけの話だが、いずれ勘定頭差添役の荻原重秀様は貨幣改鋳に手をつけられる」

「貨幣改鋳……」

金や銀が不足しているため、いわゆる〝等価交換〟が難しくなった。それゆえ、幕府が保証をする新たな貨幣を作り、流通させることによって、景気の下支えをする計画があるのだ。

「もっとも、直ちに行うことではない。金銀に代わって、銅が使えるかどうかにかかっている。だからこそ、新たな銅山の発掘は、幕府の存亡を揺るがす大事業と言ってよい」

「幕府存亡の……」

「決して大袈裟《おおげさ》なことではない。世の中を巡る金は、人の体に喩《たと》えれば血だ。流れが滞れば、あちこちが病になろうというもの」

熱心に語る覚右衛門の話に、『泉屋』の支配人として、重右衛門も十分に納得できることであった。が、そこまで幕府の秘密を漏らして良いのかと、不安になったくらいだ。その重右衛門の心の裡を見透かしたように、

「信頼してない者と新たな銅山を調べに行こうなどとは思わぬ」

「あ、はい……」

「百も承知であろうが、長崎の交易なども、これからは銅に重きが置かれるであろう。身共たちはただ銅を掘り当てるだけが務めではない。国を栄えさせるためであることを、ゆめゆめ忘れるでない」

「もちろん心得ております。『泉屋』が出て来たからには、しっかりと実りあるものにしとう存じます」

力強く頷く重右衛門に、盃を高く掲げた覚右衛門は満足そうに高らかに笑って、ぐいっと飲み干すのだった。

二

四国一の大河・吉野川に注ぐ山城川沿いの道は険しく切り立っていたが、時折、吊り橋があって、両岸を跨ぐように進んだ。深い渓谷であるが、重右衛門が聞いていたよりは緩やかで、道幅もあった。

――昼でも暗く繁る原生林のような道、木の枝から野猿が眺めている中を歩き続けねばならぬ。

と里人に言われていたが、それほどでもなかった。実は、天領でもある山城川沿いの山々からは、材木を伐採して大坂まで送っていたのだ。それゆえ、鳥も通わぬ秘境というには程遠かった。

だが、それも天満の庄屋寺尾氏の家に泊まり、浦山を過ぎて小箱峰を越すと、少し様子が違ってきた。まだ九月だというのに、冷たい風が吹いてきて、霧も山肌を這うように広がる。道案内がいなければ、道に迷って遭難するかもしれなかった。

案内役は、新居浜生まれで宇摩の山中に詳しい、松右衛門という吉岡銅山で炭焼きをしている中年男であった。同行しているのは原田為右衛門、治右衛門という山留《やまどめ》、つまり鉱夫頭である。人足として下男の亀助も一緒だった。これほどの男衆が揃っているのに、霧が深くなって、野犬の遠吠えが聞こえると、足が竦むくらいであった。

「日暮れ前じゃけど、今日は保土野に泊まることにしようや。知り合いの樵がおるけん、温かい芋炊きでも作ってもらおわい」

松右衛門は雨になるかもしれぬと判断し、早めに宿に向かった。

川之江を出てから九里ばかり来たが、保土野を過ぎれば、足谷山までは一気に行くことができよう。だが、そこからが急勾配であり、森も深くなって道なき道となる。

「よう、おいでなさった」

樵の甚兵衛は突然のことながら、丁寧に客人たちを迎えると、重右衛門たちも一晩の世話になると挨拶をした。

甚兵衛はもう五十近いようだが、ほとんど山にいるせいか、言葉少なく誠実そうだった。斧で伐採するため腕は太く、指は節くれだっていた。炭焼きもしているせいか、顔も赤黒かった。女房とふたり暮らしで、子はないという。

女房のおぶんは囲炉裏端で、手際よく里芋や蒟蒻《こんにゃく》、牛蒡《ごぼう》、揚げなどを混ぜ込んだ味噌味の〝ぼたん鍋〟を作った。先日、猪を獲ったばかりらしい。酒も少しばかりあったから、重右衛門たち一行は思いがけない接待に、素直に喜んだ。

だが、夫婦は無理をしているのであろうと、重右衛門だけは感じていた。

この辺りは麦すらろくに取れない。古くは、自生の〝ほど〟という芋を食べるしかない土地柄だった。ゆえに、保土野という村名となったという。しみじみと〝ぼたん鍋〟を味わって、

「明日は晴れるかのう、甚兵衛さん」

と重右衛門が尋ねると、すぐに雨だと返ってきた。松右衛門もその通りだと頷いた。

「それは困りましたなあ……」

〝ぼたん鍋〟を啜《すす》るように食べながら、思わず呟いた重右衛門に、甚兵衛はまるで諭すように続けた。

「慌てることはないわい。露頭が逃げるわけじゃないけんな」

「えっ……」

銅鉱を探しに来たことは誰にも話していないはずだが、どうして知っているのかと、重右衛門は思った。その顔色を見て、甚兵衛は淡々と言った。

「やはり、そうだったんじゃな……いえ、三島の祇太夫さんが露頭を見つけた話は、山の者なら大概、知っとる。ましてや、大坂の『泉屋』さんと名乗られては……」

「是非にまだ口外、しないでもらいたい」

「もちろんじゃ。儂ぁ、口が固い方じゃけんね。けど心配なことがある。松右衛門さんの案内じゃけん言うけど……実は数日前、西条藩の山奉行らお役人が、この保土野を通ったんじゃ」

「西条藩の……？」

重右衛門は驚いて、手にしていたお椀を囲炉裏端に置いて、鍋の湯気越しに、

「甚兵衛さん。それは、どういうことでしょうか。この辺り一帯は、天領のはずやが」

「立川銅山の見廻りに来てたらしいんやが、山に登ったら道に迷うたとかで……立川の方へ戻ることができんから、川之江に下ってから帰ると」

「――妙やな……」

と首を傾《かし》げる重右衛門に、松右衛門は身を乗り出すように、

「もしかしたら、露頭のことを調べに来たのかもしれんぞね」

「なんやて」

「立川側の鉱夫たちの中にも、祇太夫さんが見つけた話が漏れてても不思議やない。儂らのような案内がいたとしたら、道に迷うなんてことはないわいや」

「そやな。もしかしたら、先を越されたかもしれんな」

重右衛門が心配げに表情を曇らせると、山留の治右衛門も不安そうに、

「確かにおかしいのう……長兵衛はんも、できることなら、ここで待ってくれてるはずやが、来とらんちゅうことは、その身に何かあったのかもしれへん」

「何かて、何や……」

苛立ったように重右衛門が目を向けると、治右衛門は声をひそめて、

「実は……長兵衛はんが露頭を確認して、吉岡銅山の田向さんのもとに儂を使いに出した後、立川銅山に元からおる鉱夫らに、色々と突き上げを食らってたようなんですわ」

と言った。治右衛門は長兵衛と一緒に、立川銅山で働いたひとりで、重右衛門に報

せに走った当人であるゆえ、信憑性《しんぴょうせい》があった。

「長兵衛さんが突き上げを……」

表情が曇る重右衛門に、目を細めて頷いた治右衛門は少し震える声になって、

「ええ。そりゃ、長兵衛はんに敵うような山師は立川銅山にはおらんが、大勢の子分衆を連れて乗り込んできたことを訝しがってた鉱夫もおって、西条藩の山奉行にでも報せたんやと思いますわい」

「何か危ない目に遭ってなけりゃええが……」

「あれだけの人やから味方も多いけど、妬《ねた》み嫉《そね》みを持つ者も仰山おるから」

治右衛門は俄《にわか》に長兵衛のことが心配になったのか、夜のうちに先に行っておきたいと思い立った。

外は小雨がパラついている。九月にしては寒いから、明日にした方がいいとみんなは止めた。が、後の道案内は松右衛門だけに任せて、簑笠を着込んで飛び出していった。

「大丈夫かいな……」

心配する重右衛門に、甚兵衛は見送りながら、

「雨どころか雪の夜道も慣れたもんじゃけん、安心して下され」

と静かに言った。

夜が更けると、先刻までさほど気にならなかったが、物凄い水の音が聞こえてきた。すぐ近くに瀑布でもあるかのようだった。

「――あれは……？」

重右衛門が訊くと、甚兵衛が答えた。

「山城川と保土野谷が落ち合う所に大きな岩があって、その淵は横に切れ込んでいて、かなりの深さがあるんですわ……昔からセッタイ淵と呼ばれてるんです」

その意味は分からぬが、セッタイ淵の近くはいつも雷が地響きを立てて鳴っているようであった。その音が闇の中では、なんとも不気味で、重右衛門は身震いするほどだった。

翌朝――。

早く出かけようとすると、意外な人が甚兵衛の家を訪ねてきた。川之江代官の後藤覚右衛門である。自分の目でも確かめたいという思いで、重右衛門たちが出た後を追ってきたのだ。連れの代官手代は提灯《ちょうちん》を手にしている。

「――まさか、夜通し歩いてきたんですか」

重右衛門が尋ねると、疲れた様子ひとつ見せずに、覚右衛門は真顔で答えた。

「さよう。まだ会うたこともないのに、何故か、長兵衛らしき鉱夫が夢枕に立ってな」

「縁起でもないことを……」

「それに、数日前に、西条藩の役人が、この山道を下って来たのに、代官所を素通りしたことがあるらしく、それが気になってな」

甚兵衛の話に出た山奉行らのことであろう。他藩の者が余所の領地を通るには色々な決まり事がある。ましてや天領の代官に挨拶もしないとは無礼というものだ。が、それよりも覚右衛門は、露頭を先に見つけられて、何らかの手立てで立川銅山に取り込められることを警戒したのだ。

「そやけど、天領なんですさかい、先に見つけても、どうもならんでしょう」

重右衛門はそうは言ったものの、急に不安になった。

たとえば立川銅山を西条藩から任されている『大坂屋』が、先に公儀に届け出れば、稼行は『泉屋』ができなくなるかもしれぬ。その露頭と、立川銅山の鉱床が地中で続いていれば、〝掘削権〟を持ち出してきて、少々、厄介なことになる。ゆえに、覚右衛門としては万全の策を取りたかったのだ。

「そこまで、『泉屋』のことを……」

案じてくれているのかと重右衛門が言うと、複雑な笑みを浮かべた覚右衛門は、

「さにあらず。吉岡銅山で行っている坑道の水抜き普請を信頼しているからだ。他の山師ではなかなかできぬゆえな。新しく稼行したとしても、水に沈んでしまったら意味をなさぬゆえな」

「へえ。どの程度の鉱脈かはまだ分かりまへんが、きちんと調べなあきまへん」

むろん、覚右衛門が秘密裏に事を進めているのは、いずれ幕府が行う貨幣改鋳を見据えてのことである。

覚右衛門も加わった一行は、甚兵衛の案内で、露頭があるという足谷山に向かって、出発するのであった。

前夜、しとどに降った雨のせいで足下は滑りやすくなっていた。おまけに霧も深くなっているので、狙いどおりに辿り着くかどうかは分からなかった。この先にも、所々に炭焼き小屋や伐採場などはあるものの、集落と言える所はない。まさに秘境であったが、長兵衛から送られてきた絵図面を頼りに、一歩一歩、踏みしめるように進んだ。

三

その頃――昨夜、保土野を発った治右衛門は、足谷山の峰を越えて、西条藩領内の方に来ていた。灌木で覆われている急峻な坂道を下ってくると、立川銅山の集落を見下ろせた。

山間に建ち並ぶ鉱夫たちの家屋から炊《かし》ぎの煙が立ち、坑道口の傍らにある小さな銅吹所からも、鼠色の煙が広がって、鎚《つち》の音が山肌に谺していた。鳥の声に混じって、まるで鉦《かね》でも叩いているようだった。

雨が降ったせいで、樹木の葉や下草は色濃くなっており、青々とした匂いが立ちこめていた。にもかかわらず、遠くの山中には所々に、もう紅葉している広葉樹もあり、その下には国領川がうねうねと流れている。

滑るように岨道《そわみち》を下って、長谷坑道近くの集落まで来ると、大勢の鉱夫たちが集まって、何やら騒いでいるのに遭遇した。

「どうしたのや、みんな」

治右衛門が声をかけると、源次郎という支配役が人混《ひとご》みの中から出てきた。金子村の庄屋で分限者でもある。西条藩と『大坂屋』から頼まれて、鉱夫やその女房子供らの暮らしの面倒を見ているのだ。

「おう、治右衛門ではないか。どうもこうもあるかい。落盤じゃ」

鉱夫と見紛うような立派な体軀《たいく》の源次郎は、治右衛門に近づいて、しっかりと手を握りしめながら、

「えらいことや……長兵衛さんが、閉じこめられてしもうた……昔からの鉱夫仲間のおまえさんには辛《つら》いことだろうが……何とか助けたいんじゃがな……雨のせいか水も出てきおって、どないにもならん……」

と深い同情の顔になった。だが、なぜか治右衛門は悲しみよりも、怒りが込み上げてきて、源次郎の手を振りほどいた。

「――落盤……金山や銀山と違《ちご》うて、銅鉱は固い岩盤やけどな」

「ああ。儂も驚いてたところや。他のみんなもな……」

治右衛門が見廻すと、立川銅山の鉱夫たちに混じって、長兵衛の手下たちも十数人立っていた。顔見知りのひとりに声をかけた。

「中には、長兵衛さんだけか」

「――だと思う……ひと仕事を終えて、俺たちが出てきて、最後に長兵衛さんが帰っ

てくるはずやったのやが……」

先に風呂を浴びてたが、まだ戻って来ないので、坑道口に来てみると、岩に埋まっていたのを見たというのだ。坑道の上の岩が緩んで、音もなくズルズルと滑り落ちたのだろうという。

「長兵衛さん！　長兵衛さん！」

外から、治右衛門が大声をかけたが、返事はない。すでに、手下たちが何度も呼びかけているが、うんともすんとも言わないという。坑道口だけではなく、中の天井が落ちていたとすれば、いくら切上り長兵衛の技をもってしても、脱出することは難しいであろう。

それでも諦めてはならぬと、治右衛門は鉱夫たちに声をかけて、掘削道具を持ち出してきて、塞いでいる岩を粉砕して開けようとした。だが、源次郎は冷ややかに、

「もう、あかんのと違うやろか……この坑道はもう痩《や》せてたし、諦めるしか……」

と呟いた。痩せているとは、良い鉱石が採れることが少なくなったということだ。

立川銅山が見つかる以前に、古来、このあたりは〝金山〟と称されるように、何らかの鉱石が採れていたという。だが、立川銅山が、発見されたのは、寛永年間、三代将軍家光の時代である。新居郡立川村の角兵衛《かくべえ》という男が、炭窯を作るために山奥深

く入ったとき、光る石を見つけたのがきっかけだった。

その後、庄屋の神野藤兵衛と友人の西条の戸左衛門、そして大坂商人が、西条藩の許しを得て稼行を始めた。だが、山師でない藤兵衛たちには続けることが難しく、土佐や紀州などの商人が次々と営んでも上手くいかなかったので、今は『大坂屋』が営んでいた。

いわば、『泉屋』と敵対している銅吹屋の銅山《やま》であった。『泉屋』が密かに、長兵衛を使って新たな露頭を探しに来ているということも知っていたのかもしれぬ。それゆえ、西条藩の山奉行らが調べに来ていたのではないかと、治右衛門は疑ったのだ。

坑道口の上方を見ると、確かに崩れ落ちた痕跡があった。だが、丁度、坑道を塞ぐとは不運が重なり過ぎる。

――もしや……誰かがわざと……。

と思って鉱夫たちを見廻すと、源次郎が絶望したような表情で、

「とにかく、儂らも助けようとしたのだが、なかなか……」

「まだ生きてるかもしれん。俺たちは掘るのが仕事やないか。最後まで諦めたらいかん。さあ、みな手を貸してくれ」

治右衛門の泣き叫ぶような声に、長兵衛の手下たちは手当たり次第に道具を集めて、

一斉に岩を壊した。一晩かけて、なんとか人がひとり入れるほどの通穴ができたが、その先にも岩があって、奥に行くことはできなかった。

「やはり、あかんか……」

それでも、治右衛門たちは翌日も、その翌日も懸命に岩石を粉々にするつもりで、掘り続けた。他の掘子たちの中にも手伝う者が少しずつ出てきた。が、岩盤の下にいたとしたら、跡形もなくなっている。見つけるのは、到底、無理であろうと諦めの声があった。

――長兵衛さんがおらん限り、絵図面があったとて、露頭を探すのは無理や。

そう判断した治右衛門は、手下の茂助に頼んで、保土野へ向かわせた。しばらく待機していてくれと伝えたのだ。

それから四日目の朝のことである。

コンコン、コココン、コココンコン――と坑道の上の方で微かな音が聞こえた。しかも、一定の音律を踏むように響いている。

「もしや、これは……！」

治右衛門は俄に目を輝かせた。そして、山が高く険しすぎて、まだ朝日が昇っていない鬱蒼とした峰の方を見上げた。岩が落下した辺りから、少し離れた所である。

「この音は……長兵衛さんや……頭領が叩いてるのやッ」

まさかと誰もが思ったが、治右衛門だけは横手の崖道を這い登り、音がする方に近づいていった。

――ああ、たしかや……頭領の鎚と鑿《のみ》の音に違いない。そうか……きっと運良く落盤の下敷きにはならなんだのや。そいでもって、坑道口に戻るより、一番短い所を切り上げて外に出ようとしてるのや。

そう思った治右衛門は声の限り張り上げて、

「頭領！　長兵衛頭領！　治右衛門ですう！　聞こえまっか！　聞こえたら返事しておくれやす！　頭領！」

と問いかけると、岩の内側から、トトトン、トトン、トントトンと何やら鑿で打つ音が返ってきた。治右衛門にはすぐに分かった。長兵衛とその配下だけに通じる合図である。

鉱夫たちは狭くて暗い、息も充分にできないような地中で働く。ゆえに多くの危険と隣り合わせである。万が一、何か起こったときには、仲間と報せ合うことができるように、「いろは」言葉に対応した音や、簡単な合い言葉のような音の数を決めていたのだ。

――トトトン、トン、トン、トトン、トン……。

生きてる。間もなく出ることができる、という反応だ。ということは、下手に上から開削するのは却《かえ》って危ない。治右衛門はじっと我慢した。少しずつ鑿を岩盤に打ちつける音が近づいてくるような気がする。

どれほど時が経ったか。落盤が起きてから、ずっと長兵衛は、闇の中で切り上げてきて、ようやく僅《わず》かな穴をこじ開けることができたのだった。

スッと細長い光が岩の中に射し込んでくる。手首が出るくらいの穴になったとき、治右衛門はその周りを丁寧に崩しながら、ガッと長兵衛の腕を掴んだ。

泥だらけの顔を出した長兵衛は、

「おう、治右衛門どん。俺ア、今度ばかりは死ぬかと思うたがや」

と言いながら笑った。これまでも幾度か生き埋めになりそうなことには遭遇した。そのたびに、得意の切上りで脱出したが、百戦錬磨とはいえ恐怖との戦いだったはずだ。

そんな中で、不眠不休でわずか四日で、十六尺余り掘り続けて外に出たのだ。さすがは〝切上り長兵衛〟だと鉱夫たちも大喜びで万雷の拍手を浴びせたが、治右衛門としては心穏やかならざるものがあった。

湯を浴びて落ち着いてから、空腹も忘れるほどの恐い闇の中での戦いを、長兵衛は一同に語ってきかせた。それは、万が一のための対処法でもあった。落盤で坑道が塞がれたということは、そこに戻ってもさらに災害を受ける恐れがある。ならば、別の安全な道を自分で作ることが肝要だという。

「しかし、此度のことでは、俺がいた所が斜面で、外と近かったから運がよかっただけじゃ。これからは二度と起こらないよう、しっかりと材木などで、岩が落ちないよう組んでおかねばならんのう」

長兵衛が善後策を授けると、鉱夫のひとりから声がかかった。

「それにしても、四日も飲まず食わずで、これだけのことが、なんでできたんですかのう。不思議ですわい」

「いや、それがな……白い髭の老僧が三度三度の食事を運んでくれたのじゃ」

「白い髭の老僧……」

「見たことがあるようなないような、懐かしいような神々しいような……なんとも言えん顔だちの坊さんでな。もしかしたら、ご先祖様かもしれん。わずか四日のことじゃが、俺には四月、いや四年くらいに感じたわい」

鷹揚《おうよう》に長兵衛が笑って話すのを、囃《はや》し立てるように鉱夫たちも手を叩いて聞いていたが、やはり源次郎だけは浮かぬ顔で、少し離れた席から眺めていた。

そんな源次郎をじっと見ていた治右衛門は、長兵衛に近づいて、

「儂は、あいつが何か仕組んだと思うとります。落盤したのがこれ幸いと、頭領が生き埋めにでもなりゃええと思うてたんやないか。いや、わざと間符口を塞いだんじゃないかとすら思うとります」

と囁《ささや》いた。

「そりゃ無理やろ。滅多なことを言うたらあかん。油断した俺があかんのや」

長兵衛は事もなげに答えて、誰ひとり犠牲にならなかったことを喜んでいた。自分の命がなくなったかもしれないのに、なんという胆力だと、治右衛門は改めて感心したが、

「――お疲れでしょうが、早いとこ事を進めましょう。お代官様も待っておられるので」

せっつくように言うと、すべてを承知していると長兵衛は笑顔で頷いた。

四

その夜のうちに、長兵衛は、治右衛門だけを連れて別子銅山の南嶺を目指した。

月も出ていない漆黒の闇で足場も悪く、遠くではやはり野犬の声も聞こえるが、自分の庭のようなものだ。まさに目を瞑《つむ》ってでも歩くことができた。

幸い翌朝はよく晴れており、見渡す限り万丈の高い峰々が深い谷を取り囲むように広がっている。生い茂った森の隙間《すきま》を縫って足谷川が流れ、遥か下方の山城川に繋がっている。さらに遥か遠くには、川之江から歩いてきた村々を眺めることができた。

途中で合流した代官の後藤覚右衛門や田向重右衛門らも、先導役となった長兵衛の後を、ぞろぞろとついていった。しだいに、

――万古斧の入らぬ森。

とは目の前の情景のことだと、一行は納得するようになる。樹木が生い茂り、獣の声ばかりで人跡のない道なき道を歩き巡った。時折、足を踏み外せば崖下という細い山道にも遭遇した。

崖っぷちの木立を伝うように歩き、野猿の叫び声に緊張しながら、山城川の水源に向かって登った。時に渓谷を縫うように、時に浅瀬に足を滑らせ、また絶壁に絡まっている藤蔓《ふじつる》にしがみつきながら、一瞬も油断することなく地面を踏みしめて歩いてきた。

しだいに勾配がきつくなり、爪先が折れるように鬱蒼とした獣道を登っても、密生

している灌木の枝葉が顔を打ちつけてくる。しかも、杉や松、檜《ひのき》や楠《くすのき》などの樹齢千年を超えるであろう巨木の根が広がっていて、何度も足を掬《すく》われた。

三里余り、急峻で深い山中を登ったであろうか。予め長兵衛が踏み入って、露頭と見立てていた所まで来たときには、とっぷりと日が暮れていた。

長兵衛は松明《たいまつ》を焚《た》いて、件《くだん》の露頭を見せるしかなかった。

そこには――見事に大きな露頭が広がっていた。前に長兵衛が見たとおり、熔鉱炉で溶けたような黒みを帯びた色合いだから、重右衛門たちには、それが露頭かどうか判断することが難しい。

ここの露頭は後の銅山峰から二十間ほど下った所である。もう一ヶ所、そこから南に下った山肌にも見られた。

後の世に分かることだが、別子銅山の鉱床は厚さが四尺から六間もあり、五十度という急な傾斜で、山の西南から東南に向かって、半里近くにも及んでいる。この翌年から、銅が掘り出されるが、その坑道の長さは数百キロに及び、標高千五百メートル近くの山から、海面下千メートルにおいても採鉱されることになるのである。

「治右衛門。松明を近づけろ」

と命じて、長兵衛は自ら、玄翁《げんのう》と鑿を出して、コンコンと打ちつけた。

拳大の鉱石を摑み取ると、後藤覚右衛門と重右衛門に見せた。松明に燦めく金色の斑《まだら》模様は、まさに銅をたっぷり含んだ鉱石であることを物語っていた。

覚右衛門も諸国の金山銀山、あるいは銅山などを検分してきた経験から、確かなものであることは分かった。出羽の幸生銅山に出向いたこともある重右衛門も同じ思いだった。誰より鉱夫頭領である長兵衛自身が、急峻な地形や立川銅山との関わり、古くからの言い伝えなどにより、鉱脈が深く眠っていることを信じていた。

鉱石の重みを感じるように、しみじみと鉱石を握りしめた覚右衛門は、

「うむ。この露頭、そして質の良さそうな鉱石。これをもって、儂は江戸表に伝えるゆえ、重右衛門殿は『泉屋』本店に報せ、早々に採掘の嘆願を公儀に出すように手配りしてくれ。ふはは、これは頼もしい。深い山奥まで分け入った甲斐があったというものだ」

と豪快に笑ったとき、聳える山の上から、月が昇ってきた。

まだ半月から少し膨らんだくらいだが、妙に明るい。漆黒の闇だったはずだが、森の樹木の一本一本が見えるほどである。もはや提灯もいらぬ。

「お月様てなあ、こんなに明るいものなんやなあ……」

誰かが呟いた。まさに暗夜の一灯であり、別子銅山開削への道標となった。

——夜中篝火《かがりび》を焚き、只今の歓喜間符に掘り入り、二、三尺も切り入り候ほど、次第に鉱太く成り候ゆえ、石色万端山の情分、見届け……。

と重右衛門は、この日のことを手記に書き残している。

道なき道を戻り、保土野の甚兵衛の家に帰って来たときには、一同はみなヘトヘトになっていた。不慣れな崖道を歩いたせいで、足腰がパンパンに張っていた。

むろん、鉱夫の長兵衛や治右衛門は慣れたものだが、道案内役だった炭焼きの松右衛門も、かなり疲弊していた。その松右衛門は道々、何度も後ろを振り返っていたのに、重右衛門は勘づいていて、

「何か気がかりなことでもあるのか」

「顔に見覚えのある奴らが、峰を下りたあたりから、ずっと尾《つ》いて来てたんです」

「それは誰だ」

「たぶん、金子村の源次郎さんところの者と立川銅山の鉱夫じゃろうと……」

「もしかしたら『大坂屋』は、私たちが調べていたことを知って、先駆けするつもりかもしれん。用心に越したことはないな」

と重右衛門は、改めて松右衛門や治右衛門に対して、立川銅山の動きを探って欲しいと頼み、手間賃をはずんだ。

「それなら俺が……」

　長兵衛が申し出たが、重右衛門は首を横に振って、

「おまえさんはもう立川銅山には帰らぬ方がいい。治右衛門から聞いた。岩で閉じこめられたのは、たまさかのことかもしれんが、その身に何かあっては困る。新しい銅山のために、腕を振るって貰いたいさかいな」

　と言った。そして、懐《ふところ》の袱紗にしまっておいた例の〝三つ蜻蛉紋〟の破片を出すと、長兵衛も同じように、大切なものを扱うように差し出した。

「──えっ……!?」

　それを見ていた覚右衛門が思わず声を漏らした。

「如何致しました、代官様」

　重右衛門が振り向くと、覚右衛門は目の前の〝三つ蜻蛉紋〟を凝視しながら、

「嘘であろう……そんなバカな……」

　と訝しげに呟いた。

「何がバカなんです。これは、俺たちのご先祖様が残した大事なもので、いずれ故郷の役に立てたいという切なる願いがあったと聞いてますのや」

「うむ……」

今度は唸るような声で、覚右衛門は大きく頷いてから、

「それと同じもの、儂も肌身離さず持っておる」

と大切そうに袱紗に包んだものを、重右衛門と長兵衛に見せた。そして、ふたりのものに合わせてみると、ピタリと合致し、ひとつの〝三つ蜻蛉紋〟の家紋となった。

「アッ――！」

覚右衛門は思わず声を上げ、三人はお互いに顔を見合って、得も言われぬ感情が込み上げてきた。中でも覚右衛門は、思いがけず身分を超えた仲間に遭遇したかのように喜び、何度も何度も〝三つ蜻蛉紋〟を突き合わせていた。

「……重右衛門殿が、故郷に帰る思いで来たと語ったのは、このことだったのだな」

代官所に立ち寄り、酒を酌み交わしたときに言った言葉を、覚右衛門は思い出したのだ。その翌日になって、ふいに重右衛門を追いかけたくなり、長兵衛にも会ってみたいという衝動に駆られたのは、まさに〝三つ蜻蛉紋〟の導きがあってのことかもしれぬ。

「私と長兵衛どんが初めて会ったときも、今と同じ感慨深さがありました。お代官様のご先祖は、もしかして……」

金子備後守の家臣だった弓の名人・真鍋義弘かと、重右衛門は尋ねた。長兵衛は黒

瀬明光の子孫であり、重右衛門は近藤保馬の子孫だから、残るひとりの名を挙げたのだ。

「さよう。私も祖父や父から聞いておった。そうか、そこもとたちがな……」

覚右衛門は己の先祖の話を続けた。

「真鍋義弘は弓の腕前を買われて、一旦は長曽我部家に仕官したらしいが、自分の仕えたい主君は違うと、諸国を転々として探し求めたらしい。だが、金子備後守のような誰にでも好かれる人格者はなかなかおらず……戦国の世ゆえな、浪人は腐るほどいて、天下人になるのは誰かと血眼《ちまなこ》になる侍の中で、真鍋義弘は三河のさる大名に仕え、その後、徳川家康が幕府を開いた後に江戸に行ったらしい」

「それは慧眼《けいがん》でしたな」

「たまさかのことだと日記に記されておる。だが、主君を死に追いやった豊臣家を倒して天下を取ったのだから、一矢報いた気持ちはあったのではなかろうかのう」

まるで見てきたかのように覚右衛門は言ってから、遠い目になった。

「もっとも、江戸での務めは過酷だったゆえ、病に倒れたらしい。だが、妻子には恵まれたので、孫に当たる父は真鍋家の存続は兄に任せて、自分は旗本の後藤家に養子として入ったのだ」

「では、真鍋家も……」

「いや。子も儲けぬまま、病で亡くなった。だが、拙者はまごうかたなき真鍋義弘の曾孫である。よしなにな」

「こちらこそ」

重右衛門は心躍る思いで、覚右衛門と長兵衛と熱い眼差しを交わしながら、

「ご先祖様たちが別れたという峠で私たち三人が打ち揃い、新しい鉱脈を見つけたのはこれ、まさにご先祖様のお導きでしょう。やはり、豊臣秀吉が金子備後守が支配する新居・宇摩を狙ったのは、銅山があったからに他なりますまい」

「そのことを……？」

「ええ。祖父や父の語り草でしたから」

なんとも言えぬ喜び顔になる重右衛門の手を、覚右衛門はひしと握りしめた。そして、長兵衛は新たな夢を思い描いて、「うおお！」と力強く獣のように吠えるのであった。

そんな三人の輝くような姿を、治右衛門や甚兵衛たちも嬉しそうに見つめていた。

五

大坂の『泉屋』本店の者たちが、重右衛門が持ち帰った輝く鉱石を見て、大喜びしたのは語るまでもない。

殊に、三年前に主人を引き継いだ友芳は、吉岡銅山に代わる別子銅山によって、大きな勝負ができると褌《ふんどし》を締め直した。この時、長堀に『泉屋』本店と居宅を移して、本格的に別子銅山を開削する準備に向けて、全力を傾けたのである。

重右衛門は友芳と相談のうえ、銅山採掘の許可を得るため早々に、手代の杉本助七を江戸に向かわせることにした。

わずか六日で江戸に着くなり、中橋店の三右衛門とともに、すでに江戸に来ていた後藤覚右衛門の計らいで、荻原重秀との面談をする運びとなった。

杉本は『泉屋』当主の代参という大変な役目を担って、緊張の頂点にあった。形式的な嘆願書と申請書は出したものの、肝心の荻原の表情はなぜか暗い。沈痛な雰囲気が漂っている中で、覚右衛門が声をかけると、

「──遅い……」

と一言、吐き捨てるように言った。

すると、すぐに覚右衛門は言い訳をするように答えた。

「申し訳ありませぬ。しかし、『泉屋』の支配人・田向重右衛門、そして〝切上り長兵衛〟こと鉱夫頭領は死力を尽くして、別子の山に末代までも続くような、大きな銅の鉱床がある確たる証を見つけました」

その証の輝く鉱石はすでに、覚右衛門が早飛脚をして荻原に届けており、床の間にある三方に神々しく飾られている。

「そうではない……申請が遅いと言うたのだ。すでに、新居郡金子村の源次郎なる者と、今ひとり尾張の留右衛門なる者から届け出がなされておる」

荻原が苛立ちを見せるように言うと、覚右衛門は驚きを隠せなかったが、諸手をついて深々と謝った。

「拙者が満を持してと『泉屋』に準備万端怠らぬよう指示をしたことが仇になりました。すべては拙者の落ち度でございまする。『泉屋』には何も……」

「うろたえるな、後藤……困っておるのは、身共の方だ」

「と申しますと……」

「源次郎には西条藩と『大坂屋』、留右衛門は尾張《おわり》藩と城下の銅吹屋がついておって、側用人の柳沢吉保様に対して直談判を試みておる節がある」

「なんと……！」

覚右衛門だけではなく、助七たちも驚きを隠しきれなかった。

――不覚だった……。

深山に踏み込んで、露頭を見つけた後に、ずっと何者かに尾けられていたことを、覚右衛門は思い出した。やはり、西条藩は目をつけていたのだ。御三家筆頭の尾張藩には、あちこち飛び地があって、鉱山経営にも力を入れているから、密かに探っていたのかもしれぬ。

もっとも、大和朝廷の時代より立川銅山は掘られており、峰を南に越えた別子山村においても、〝別子七鋪《ななしき》〟が残っていた。鋪とは、坑道のことで、あみだ峰、大谷、床鍋、葬々谷、赤太郎尾、塔ヶ谷、金切の七ヶ所である。それを理由に、長兵衛が最初に発見したのではないと、源次郎は申し出ていたのだ。

「して、柳沢様はなんと……」

「先願した者を無下にはできぬゆえな、老中・若年寄たちも立ち入って色々と話し合いをしているようだ」

溜息をついた荻原は、それでも何やら勝算があるのか、能吏らしく目を輝かせて、

「実はな……まだ内定だが、私は佐渡金山奉行になることになっている。もちろん、勘定頭差添役と兼任である」

いずれ勘定奉行になると確約されたようなものである。もっとも、佐渡金山は産出量が下がり、出水などが激しくて実労は難しいが、この奉行職は幕府内では出世の証である。

「その折には、後藤……おまえは石見銀山代官になるであろう」

これも下級旗本にすれば、異例の大出世といってよい。だが、覚右衛門はなぜか憂えた表情になって、

「それは……お断りしとう存じます。できれば川之江代官のままで、別子銅山の開坑に尽力し、先祖が愛《いと》おしんでいた国に奉公したいと考えております」

「先祖……？」

「はい。拙者の血脈は新居・土居にあったのです。鉱夫頭の長兵衛も『泉屋』の田向重右衛門も同じです。ですから……」

「おぬしらしからぬ感傷よのう」

「ですが、人とはそういうものではありますまいか。愛着があるからこそ、心が動き、体が動くのだと思いますれば」

「ふむ……」

荻原はさして関心がなさそうに鼻を鳴らしてから、

「当面の課題は、如何にして『泉屋』が採掘権を勝ち取るかだ。それを成就せねば、おぬしの先祖孝行とやらも画餅となるが」

「分かっております。ですからこそ、この話を私に託して下さった荻原様に、今一踏ん張りして頂いて、なんとか柳沢様に……」

「あの御仁は一度、臍《へそ》を曲げたら梃子《てこ》でも動かぬ。それどころか、逆恨みとてされかねぬ。身共がどうにかできることではない。最後の判断は、上様でもなければ幕閣でもない。柳沢様御一人《いちにん》なのだ」

それほど強い権力を持していることは、覚右衛門とて承知している。だが、傍らで見ていた助七からすれば、

――川之江代官ですら大層なご身分だと思っていたのに、上には上がおるものや。

武士の上下関係の厳しさを目の当たりにして、物事はなかなか動かぬものだ、思い通りにならぬものだと感じていた。だからこそ、江戸に来る前に、重右衛門から聞いていたことが身に染みていた。

「天領であろうとなかろうと、別子銅山だけは、『泉屋』のものや。決して、公儀の

ものにしてしもたらあかんで。しぶとく粘って粘って、『泉屋』のものにするのや」

その声が、助七の耳の奥に蘇った。

天領といえども、幕府の自由にはさせぬという頑固な決意が重右衛門にはあったのだ。その思いが、助七の胸に響いていた。

「畏れながら、荻原様……別子に銅山を開くとなれば、『泉屋』の請山《うけやま》になるのでございますよね」

「む……？」

「それとも、直山なのでしょうか」

直山というのは、幕府や藩が〝事業主〟となって営む鉱山のことである。一方、請山とは、『泉屋』のような山師が、領主に運上金を納めた上で〝鉱業権〟を得た鉱山のことだ。

いずれが損か得かは、金山や銀山、銅山の採掘量や土地柄による。いわば貸し主と借り主が腹を探り合い、自分の利になる方を選びたがる。その折り合いをつけるまでが、難儀なのだ。

だが、ほとんどは、直山が多かった。坑道に溜まる水抜きなどが大変で、請け負った山師が負担できないからである。その上、運上金の額にもよる。沢山、搾取されることを山師は嫌う。公儀や藩は足下を見て、特権を与えることで、毟《むし》り取ろうとするからだ。ゆえに多くの山師は尻込みして、直山の手伝いに甘んじるのだ。

「実は主と支配人から、荻原様に会ったときには直談判して貰いたいことがあると、その任を預かってきております」

「直談判、とな……運上金のことか」

さすがは察しがよい荻原である。機先を制するように、扇子《せんす》で膝を叩いた。助七は今一度、黙礼をしてから、

「私ども『泉屋』は、請山にてお願い致します。坑道の水抜きなどの技はすでに、身につけておりますれば、御公儀にご負担はおかけいたしません」

「うむ……」

「しかも、運上金は、採掘して掘り出した銅鉱の際の……歩合制にしたいと考えております。つまり、産出した銅に応じて、ご公儀に差し上げるということです」

「ほう。思い切ったことを……予め定めた金を払えば、掘り出したものはすべて山師のもの。だからこそ、請山の旨味《うまみ》があろうというものだが？」

「逆でございます」

助七は膝を前に進めて、真剣なまなざしになった。

「掘れば掘るほど、一定の割合をご公儀にお渡ししても、請山が儲かります。しかも、『泉屋』は銅吹きの老舗《しにせ》でっさかい、大坂の他の業者に運ばなくても、銅は山の中で、ある程度まで製錬することができます」

「さような段取りもできているというのか」

「もちろんでございます。ご覧下さい」

傍らの小行李から、助七は折りたたんで、巻物にしていた絵図面を広げた。畳一畳ほどはあろうかという立派なものだった。

そこには――山城川や足谷川を中心に、日浦谷や小足谷などから、その上に聳える東山、後の銅山越えから西山の峰々に至る一帯が描かれていた。露頭近くにある間符口の他、製錬所や熔鉱炉、炭小屋から、鉱夫たちの住む長屋、『泉屋』の支配人らが詰める勘場などを想定して、しっかりと絵図面にしていたのである。まさに、重右衛門や長兵衛らが歩いた場所だった。

「かような銅山の町を、四百丈の高い山の中に作ると申すか」

荻原は目を凝らしたが、覚右衛門もその絵図面がすでに用意されていたことに驚いた。『泉屋』は開坑に向けて、銅山の町を作るための人足や材木や道具、食糧や衣料などの手配から、金山衆《かなやましゅう》を集める交渉まで、準備万端整えているのだ。

金山衆とは武田金山衆が有名だが、かつて戦国武将に仕えていた金山や銀山を掘る職能集団だ。尼子一族などは優秀な金山衆を抱えていた。単なる土木や掘削だけではなく、戦術にも長けており、砦作りの技能を備えていた。逆に籠城した敵を落とすために、打ち壊すための先兵としても担っていた。

泰平の世でも、その匠の技は生きている。長兵衛も金山衆に負けぬほどの〝一門〟を構えて、百数十人の子分を抱えていた。この者たちはただ鉱山を掘るだけではない。鉱山の町そのものを作ってしまうのだ。

「そやさかい……ご公儀には一切、手がかかりまへん。明日にでも働き始めます」

「明日にでも……」

「はい。いつでも別子に銅山町を開墾できるよう、大坂では手ぐすね引いて待ってます。他の山師にかようなことができましょうや。あらゆる物資を調達するのはもとより、製錬まで自らできるのは『泉屋』だからこそです」

「…………」

「だが、相当の時と金がかかろう」

荻原の心配など取るに足らないことだと、助七は断言した。時は〝人海戦術〟で縮めることができ、金はまさしく宝物を掘るのだから後でわんさか儲けると言った。

「此度の銅山が成り立って、銅鉱が掘り出されれば出されるほど、ご公儀も儲かる仕組みになっておるのでっさかい、何の憂いもありませんでしょう。大船に乗ったつもりで、この『泉屋』に任せて下さいまし」

少しのハッタリはあったが、助七は自信に満ちた瞳で、荻原を見つめた。

若い頃から、商人として如何に儲けるかを考えてきた助七と同様に、荻原も幕府の財政を如何に建て直すかを熟慮してきた。金は世の中の血みたいなものだ。その相通ずる思いを、ふたりは心の中で感じたのであろう。

「相分かった、助七……この絵図面があれば、上様側用人の柳沢様は納得するであろう」

「そうでしょうとも！」

「柳沢様がお認めになれば、幕閣への説得は容易《たやす》きこと。ただし、柳沢様は存外、気短かなご気性ゆえな、一気呵成に事を運ばねば、頓挫させられるやもしれぬぞ」

「望むところでございます」

ポンと胸を叩く助七を、荻原は頼もしそうに見ていた。そして、傍らで見ていた覚右衛門は、安堵したように溜息をついた。

その後も——何度か書類を出し、歩合の取り決めなどを話し合った。

運上は生産量の一割三分。請負の期間は、まずは五年とした。永代稼業になるのは、元禄十五年まで待たねばならぬが、とまれ翌元禄四年（一六九一）の五月になって、先願していた二者を差し置いて、採掘の許可は『泉屋』が得ることになった。

その年の八月一日から、別子銅山の採鉱が始まったのである。

長兵衛ら鉱夫一党は、人跡未踏だった深い山奥に開かれた坑口を前にして、前途を祝して盃を交わし、抱き合って歓喜した。

ゆえに、最初の坑道は、〝歓喜間符〟と名付けられ、重右衛門の後見のもと、助七が初代の支配人となって、別子銅山は満を持して、始動したのだった。

そして、開坑した同じ年の十月には、焼鉱炉に初めて火が入り、その火は二百八十年にわたって、灯《とも》し続けられるのである。

峠の小径《こみち》に立った長兵衛と助七は、後藤覚右衛門と田向重右衛門の思いを背負って、胸が熱くなっていた。逸《はや》る気持ちはあれど、不安は何ひとつなかった。

「ここに儂らの町を作るんじゃ……儂らの故郷《ふるさと》を築き上げるんじゃ。子や孫、末代まで栄えるようにのう」

長兵衛の気迫のこもった声に、助七も大きく頷いた。開坑まで尽力し、漕ぎ着けた助七は万感の思いで立ち尽くしていた。

だが、このときのふたりに、わずか三年後、大災難がのしかかってこようとは、微《み》塵《じん》たりとも思っていなかった。

待ちぼうけ峠

一

標高五百丈（約千五百メートル）の峰々に囲まれた谷間を、鳥が俯瞰《ふかん》したとすれば、鋭く切り立っていることであろう。

深く擂《す》り鉢状に抉《えぐ》れた渓谷には、滔々《とうとう》と清流が流れ落ちている。その山肌に張りつくように町が作られていく様は、〝先住民〟である野猿や猪などからすれば、外敵が攻め込んできたと同然に感じるに違いない。

原生林を伐採し、斜面を削り取り、赤土をならし、段々畑のように石垣を積み重ねていく。銅鉱を掘り出す前に、銅山で働く者たちが暮らす山の町を作らねばならない。

歓喜間府を中心に、急斜面にしだいに広がっていく家屋や蔵、炭焼き小屋などは、助七が描いた絵図面のとおりであった。

代官の後藤覚右衛門のもと、宇摩郡の天満浦から銅山までの九里の岩を削り、森林を伐採して道を広げ、『泉屋』の田向重右衛門の差配によって、長兵衛ら鉱夫たち自らが普請をするのである。

河原から石垣用の石を集める者。伐り倒した樹木から建物の材木や炭を作る者。それを組み立てたり火をおこす者。川から水路を確保する者などが、蟻の群れのように山肌に這い蹲《つくば》うように働いている光景は、天から見ている神でも圧倒されるであろう。

「俺たちの手で、俺たちの町を作るのだ」

という気概と気迫をもって、エンヤコラと声を張り上げた。それが谺《こだま》して、山が応援しているようにも聞こえた。

天領の別子銅山と西条藩の立川銅山とを結ぶ峠は、〝銅山越え〟とか〝銅山峰〟と呼ばれるようになった。銅山越えを挟んで南側が天領で、北側が西条藩領となる。

別子銅山ができた足谷山一帯は、まさに前人未踏の鬱蒼とした森だった。そこに鎚や鑿の音が広がり、山間から焼鉄炉の火が輝き、炊ぎの煙が立ち昇るようになれば、人々の暮らす息吹《いぶき》が感じられるに違いない。

後世に続く歴史は始まったばかりである。少しずつ鎚音は大きくなり、岩を打ち壊す鑿も轟《とどろ》き、あちこちから煙が天に伸びるようになる。鉱夫や助太刀の人足たちの総力戦によって、しだいに人里らしくなっていく。こうして、山の上に〝鉱山都市〟が築かれていったのである。

開坑したばかりの元禄四年中には、精銅を三十二万斤余り（約百九十トン）も生産した。ほんの半年足らずでのことだから、驚異の勢いである。銅山が始まる前の別子山村は、わずか三十四石の貧しい村だった。それが百二十石に相当する稼ぎを上げたのだ。

それはほんの序の口。数年後の元禄十年（一六九七）には、二百万斤（千二百トン）も掘り出した。当時の幕府の買い上げ相場からいくと、ざっと五百六十万石分の稼ぎである。まさに宝の山だ。だが、そこに至るまでには、まだまだ苦難が待ち受けていた。

歓喜坑のすぐ近くには採鉱部門である鋪方《しきかた》を設け、数間下った平らな所に勘場を建てた。そこを中心に、地役人が詰める御番所、製錬部門である吹方役所、燃料部門の木方・炭方役所、炭蔵などが次々と建てられた。

鋪方には、硫黄《いおう》を除くための焼竈が四百ヶ所もあり、吹方役所には銅の重さを量る銅御改会所や吹所と呼ばれる製錬所があった。吹所は歓喜坑から四十間余り離れた尾根に、二十軒ほど作られた。

同時に、銅山で働く鉱夫とその妻子が住むための稼人小屋が、勘場を囲むように広がり、二百二十軒を超えるほどになる。元禄五年（一六九二）の頭には、新居郡から出稼ぎ人がわんさか訪れるようになった。仲持《なかもち》という銅鉱の運搬人や炭焼きの人手がほとんどだった。

焼き畑が中心で、わずか四百人が幾つかの集落に点在していただけの村が、あっという間に三千人近くに膨らんだのである。

開坑の翌年の元禄五年の夏のことだった。

〝切上り〟の技を遺憾なく発揮していた長兵衛は、嫁を貰うことになった。備前吉岡銅山に勤めていた頃から、長兵衛が惚れていた高松城下の商家の娘である。

名は、おときといい、十八になったばかりの美しい娘だった。

瀬戸内海を隔てた、深い山奥に嫁がせるのを、親戚一党は反対だった。だが、背後には大坂随一の『泉屋』があり、新しい銅山の鉱夫を束ねている男である。娘の方も惚れたのならば、仕方がないと父親が許したのだ。

男臭さが充満している銅山の町に、天女のような見目麗しい娘が現れたことで、大騒ぎであった。しかも、山留（鉱夫頭）である長兵衛が惚れて口説《くど》き落としたのだから、手下の男衆も大喜びであった。古くからある村の大滝権現で祈願し、披露の宴《うたげ》は三日三晩続いた。開坑以来、働きづめだった鉱夫たちにとっては、丁度よい骨休みとなった。

　長兵衛の住まいは、何かあればすぐに坑道に駆けつけられるよう、鋪方に隣接していた。目の前に段々畑のような急斜面があって、銅山町の隅々はもとより、遥か遠くの峰々や渓谷を眺めることができた。

　手狭ではあったが、夫婦ふたりが暮らすには十分で、おときも楽しそうであった。商家の娘だから、長兵衛は余計な苦労をさせたくなかったが、

「商人は人一倍、働き者なんですよ。人が見てないところで、せっせと努力します」

と父親から教えられたことを、自分なりに守ろうとしていた。

　鉱夫はまさしく、人の見えない土の中に潜って仕事をする。その危険と苦労を知っているから、おときは長兵衛の独り身の手下たちの〝おかみさん〟のように働いた。朝晩の食事の用意から洗濯、掃除、繕い物など、まだ十八の娘とは思えぬくらい働き続けた。

　他の鉱夫の女房たちもお互い手伝った。が、女房たちにはもっと重要な仕事があった。鉱夫たちが採掘した鉱石を、まずは男衆が玄翁《げんのう》で砕いたものを、さらに一寸大くらいに鉄鎚で砕くことだ。ゆえに、〝砕女《かなめ》〟と呼ばれていた。

——砕女が肝心要。

と言われるように、砕いた鉱石の色合いの濃淡によって、品質の良し悪しが分かる。それを選別するのも重要な仕事だった。中には赤ん坊を背負ってする女たちもいたが、かなり体に負担のかかるものだ。

むろん、鉱石を掘る掘子《ほりこ》と呼ばれる採鉱夫の仕事は、地獄のような辛さだった。間符はわずか二尺（約六十センチ）の幅三尺（約九十センチ）の高さしかない。その窮屈な岩の中を、栄螺《さざえ》の殻に鯨油を入れた螺灯《らとう》の薄明かりだけを頼りに、鑿と鎚、玄翁を駆使して掘り進めなければならない。

時々、励まし合う声はあるものの、蒸し暑く酸欠になりそうな洞窟で、ほとんどが無言の作業を続けるのだ。粉塵が舞うせいで、激しい咳《せき》払いをする者もいたが、ガッガッと鑿で岩を砕く音だけが鳴り響いていた。

坑内での採鉱は、露頭から鉱脈を追うように、〝銀切《かねぎり》〟という方法で下へと掘り進める。急勾配だから、丁度、階段のようになって、掘りやすくなるのだ。掘削術には、人の出入りがし易いこの〝銀切〟の他に、荷物や鉱石の出し入れがし易い〝犬下り掘〟も古くからあった。一長一短で、鉱夫の苦労はさして変わらない。

もっとも、〝銀切〟の方が水捌《みずは》けがよく、作業ははかどった。とはいえ、ひとりの掘子が働けるのは、一日に二刻（四時間）が限界である。しかも昼夜に一刻（二時間）ずつに分けて行った。この方法で、六人一組となって掘り、十日に四尺（約百二十センチ）も進めば上出来であった。

別子銅山では特に〝二三《にさん》の銀切〟といって、横二尺、縦三尺の大きさで掘る方法が取られた。この大きさを十八等分し、まずは芯抜きという〝仕掛け穴〟を作り、順次、一区画ずつ〝廻切法《きりまわり》〟によって、残りの十七の区画を掘り出すのだ。

灯りもろくになく、呼吸もしにくい所で、鏨と鎚と玄翁だけで行う、気の遠くなるような仕事である。しかも、背には鉱石を入れるための葛《くず》で編んだ籠《かご》を背負っているし、腰には藁《わら》で作った尻すけを下げているから、身動きすら取りにくい。

四留《よつどめ》という坑門や天井に敷き詰めた矢木などで守られているとはいえ、落盤がないとは限らない。掘子は白い綿の作業衣に黒襟をかけているが、この黒襟を外せばそのまま死装束となる。それほどの覚悟で、事に臨んでいるのだ。

さらに、いくら〝銀切〟が水捌けがよい掘り方であろうとも、深く掘り下げれば湧き水が出てきてしまう。この水を坑道の外に出す作業が、また厄介で大変なのだ。

木や竹で箱樋を作り、階段に沿うように置いてある水箱に、〝ポンプ〟の要領で吸い上げるしかない。吉岡銅山で長年かけて成功した技術とはいえ、人力のみが頼りだ。

何十人もが連携して行うが、これも、ひとり当たり一刻の作業が限界だ。にも拘わらず、昼夜通してやらねばならないから相当きつい。しかし、放置すると坑道が水没するから、過酷な仕事だったが、なかなか休むわけにはいかなかった。

こうして、採掘された鉱石だからこそ、女房たちも大事に扱い、少しでも良質のものが見つかれば大喜びしたものだ。

おときもまた、山留として命がけの仕事をしている長兵衛を、心から誇りに思っていた。が、危険と隣り合わせゆえ、一刻たりとも心は休まらない。手の空いたときには、大滝権現のいる権現山に掌《てのひら》を合わせている。

家には、髭の僧侶の木像が飾られていた。これは長兵衛が立川の坑道の中に閉じこめられたとき、助けてくれた僧侶で、釈迦如来の使いである。なぜか頭に小さな丸い穴があいていて、閉じこめられている間に、食事を与えてくれた証だという。

「仏様。主人を宜しくおねがい致します……おまえさま、今日もどうかご無事で」

むろん拝むのは、おときだけではない。村中の女たちが、男衆が怪我ひとつなく帰ってくるのを待っているのだ。女房や子供たちは、地蔵のある峠道まで出て、坑道から家路につく亭主を迎えに出る。

だが、時には不幸が重なって、帰らぬ鉱夫が出ることもあった。だから、〝待ちぼうけ峠〟と呼ばれるようになった。地蔵はその犠牲を弔うためである。

「ひとりたりとも犠牲を出さず、無事に帰らせる」

と長兵衛は心がけていたが、銅山に生きるということは自然との戦いである。

特に冬場の十一月から二月あたりは、標高が高いから極寒となり、深い雪に閉ざされる。真っ白な雪山だ。その間、農作業や樵仕事はできない。春先になって、ようやく焼き畑をして、粟《あわ》や稗《ひえ》の植え付けやら葛掘りなどができるようになる。

男衆は猪や鹿狩りに出かけ、害獣と化した野猿や山犬を追っ払うのも一仕事だった。

女たちは、別子山村では古くから行われていた機織りを学んでやっていたが、やはりほとんどは鉱石を砕いたり、淘汰といって坩堝《るつぼ》や土滓についた銅屑を集める作業などが多かった。中には〝おいこ〟を背負って、仲持として働く女もいた。

かように山の者は、男と女が寄り添って、力を合わせて、力強く生きているのだ。

これら銅山で働く大勢の人々を支えるのが、山師家内《やましかない》という『泉屋』の従業員たちだった。勘場や鋪方、製錬などの幹部として、六十人ばかりいた。

後の二千数百人は、稼人《かせぎにん》と呼ばれ、廻切夫《まわりきりふ》、掘子、水引、追夫《おいふ》、手互《てご》、仲持、炭焼などが体を使って従事していた。

銅山の生産が高くなればなるほど、最も困るのは、運搬に関することだった。

今は〝銅山川〟と呼ばれるようになった山城川を東に下り、小箱峠という険しい山道を上り下りし、九里余り離れた宇摩郡の天満浦まで、徒歩で運ばねばならない。

それに比べて、新居浜浦なら四里半ですむ。しかも、銅山越えを過ぎれば国領川沿いに下る一方で、角野村あたりからは平野となる。粗銅の入った重い〝おいこ〟を背負った仲持にとっては楽であろう。しかも、駄賃が天満道が銀百貫以上かかるのに対して、新居浜道はその半分以下になるはずだ。

しかし、そこは西条藩である。支配人の杉本助七は、別子銅山の新居浜道と新居浜浦を使わせて欲しいと頼んだが、西条藩から許可は降りなかった。あからさまな嫌がらせであるが、じっと我慢するしかなかった。

「金子村の源次郎さんに頼んでみるかいのう。立川銅山稼行を任されてる人じゃけん」

長兵衛はそう目論んだが、別子銅山の鉱業権を奪われた『泉屋』に加担するはずはなかろうと、助七は尻込みをした。それでも、一応、正式に頼んでみたが、別子銅山と立川銅山のどちらの粗銅か分別できなくなる懸念があるからと、突っぱねられた。

ただ、立川銅山の産出銅が少なくなっているので、掘子たちの中には別子銅山に移りたいと願う者もいた。助七は雇い入れることもあったが、長兵衛の手下たちからは、

――何か探りを入れにきているに違いない。

と危ぶむ声が出ていた。中には盗み掘りをした者もいたからだ。

しかし、立川銅山の掘子には優れた技を持っている者が多かったから、長兵衛はあれこれ差別をせずに雇い入れた。

「儂ら山の民は共に生きてる。仲良うせんといかん」

と常日頃から言っていたが、源次郎はそれを〝引き抜き〟と捉《とら》えて、余計に険悪な関係になっていった。事実、源次郎の甥《おい》までが、別子銅山で働くようになった。

八十吉《やそきち》といって、屈強で長兵衛のような〝切上り〟を得意とする。長兵衛は、八十吉のような有能な掘子を組頭にして、活躍させたのである。

「せっかく沢山掘って、銅山の中で、鉱石を焼き、鞴《ふいご》を吹き、銅を取り、粗銅に仕上げても、大坂の本店まで送る手間がかかるのは、いかにも時が勿体《もったい》ない」

掘り出す量が増えれば増えるほど、運ぶことが大事になっていたのである。

「――なんとかならんものか……」

助七は頭を悩ませていたが、『泉屋』本店に頼んで、またぞろ公儀に直談判して、何とか西条藩と話をつけて貰うしかないと考えていた。

「ならば、後藤覚右衛門様に頼んでみようじゃないか。助七さんも江戸で顔を合わせとるし、儂とは先祖が同じも同然じゃけえの」

「うむ。苦しいときの後藤頼みや……そやけど、今は石見銀山代官になられとる。川之江代官は、山本惣左衛門様や。天領と西条藩の揉め事は慎めと、日頃から言われておるからなあ」

「なに、案ずることはない。後藤様は今や、この銅山を作った立役者、『泉屋』本店に戻っとる田向重右衛門さんと組めば、なんとかしてくれるじゃろ」

大いに期待しながら、長兵衛は遥か吉野川まで流れていく銅山川を眺めていた。

二

しかし、長兵衛と助七の目論見は甘かった。

幕府とて権威を掲げて、西条藩と事を構える策は取らない。『泉屋』は銅鉱を運ぶ効率をよくしたいだけだ。幕府は加担しないと仲裁を断られたのだ。

だが、後藤覚右衛門の後押しもあって、田向重右衛門は『泉屋』を代表して自ら江戸まで赴き、荻原重秀に面談を求めた。すでに別子銅山が開坑した元禄四年に、佐渡奉行になっていたが、今は江戸在府であった。勘定頭差添役と兼任だからである。

なんとか自邸で会うことだけは叶ったが、厄介者でも見るように、荻原は手短に話を終わらせようとした。

「開坑前に参った杉本助七も、なかなかの知恵者で、肝の据わった商人だったが、此度の一件に首を突っ込むつもりはない」

キッパリと言った荻原だが、重右衛門はしつこく食らいついた。

「これはただ『泉屋』が手間を軽くしたいという話ではございません。荻原様が推し進めようとしている貨幣改鋳にも関わることでございます」

「貨幣改鋳、とな……」

このことは内々には、金山や銀山を営む山師には聞こえていた話である。

「へえ。銅の買い取り値は、百斤につき二両三分。それに対して、銀は百斤あたり四両でございます。この後、銅がどんどん増えれば、その差はもっと開くことでしょう」

「だからなんじゃ」

「新しい貨幣には、金や銀の含有量を極力減らして、銅を混ぜなければ改鋳をする意味がありまへん。その代わり、ご公儀のお墨付きをつけて、新しい天下の金になれば、諸国にも巡り巡って、景気も宜しくなりましょう」

「そのためには一刻も早く、沢山の銅を掘り出して、有効に銅を増やす。棹銅《さおどう》もどんどん作って、長崎に送らねばなりまへん。『泉屋』も長崎に出店を出しておりますが、これも前に荻原様から知らされた話を、大いに実現したいからです」

「…………」

重右衛門は一方的に話を進めた。

「ご存じのとおり、銀に成り代わり、棹銅をもって交易に使うのですから、公儀としても値打ちものにしなければ、金銀と同じように異国に流出するだけです」

棹銅とは、輸出する良質の銅のことで、地売銅という国内販売用の銅より、倍以上の値打ちがあった。それだけ、幕府としても買い上げ価格が増えるわけだが、歩合制をとっているため、幕府も儲かることになる。

だが、運送料などが増えて、その分、さらに上乗せになれば、幕府とて買い上げ金を負担することになるから無理が生じる。にも拘わらず、安く買い叩かれるとなれば、相場を上げるために、産出銅を減量せざるを得ない。重右衛門は、そんなバカバカしいことはしたくないと訴えた。

「――重右衛門とやら……おまえは『泉屋』の重鎮で、別子銅山開坑の立役者なのであろうが、この荻原が奔走したことを忘れるでないぞ。口を慎め」

「あ、はい……」

　重右衛門は一旦、言葉の矛先《ほこさき》は収めたが、気迫ある目つきだけは投げかけていた。

荻原が佐渡奉行になる前に、七百五十石取りの旗本になったのも、『泉屋』が開始した別子銅山の業績があるからだという自負が、重右衛門にあったからだ。

　荻原は短い溜息をついてから、佐渡に出向いたときの話をした。むろん、佐渡奉行というのは、金山経営というよりは、治安維持が主な任務であった。だが、勘定方から出世をしてきた荻原にとって興味があったのは、やはり、

――衰微した佐渡金山を、なんとか復活させたい。

という思いだった。

元禄の佐渡金山は、幕府が始まった頃の元和年間に比べて、八分の一の産出に留まっていた。だが、まだ金鉱は、湧き水の下に眠っている。それを取り出すことが最も大切な事業であると幕閣を説き伏せて、十二万両近くという、佐渡金山からの上納金より多額の資金を出させたのだ。

　灰吹きや南蛮吹きは『泉屋』の得意とするところであり、坑道からの排水技術も、吉岡銅山と別子銅山で実証している。手桶や釣瓶《つるべ》、水上輪《みずあげわ》などを使うものとは格段に違う技術を、重右衛門は惜しげもなく幕府に教えていた。その上、深くて長い排水溝

を作って日本海に流す術《すべ》も、教示していたのである。

まだ道半ばであるが、大規模な排水溝掘削が成功すれば、佐渡金山が復活することは間違いない。幕府財政を潤わせた貢献者として、荻原はさらなる出世をするに違いない。事実、このわずか数年後には、勘定奉行に成り上がっている。それほどの人物ゆえ、

――別子銅山の話にかかずりあっている時ではない。

という思い上がった考えが、荻原の脳裏にあったのかもしれぬ。だが、その自尊心を逆手に取って、重右衛門は攻めた。

「御前は、新井白石様をご存じですよね」

「なに……？」

「何年か前に江戸城中にて、若年寄の稲葉正休様に襲われた老中・堀田正俊様にお仕えしていた儒者でございます」

「言われなくとも知っておる。新井がなんだと申すのだ」

荻原は明らかに不快な表情になった。後に不倶戴天の敵となる新井白石だが、勘定方として出世してきた荻原と、新進気鋭の儒者である新井白石とは、ほとんど接点はなかった。しかし、秀逸な人物とは聞いていたから、余計に気になったのである。

堀田正俊が凶刃に倒れ、御家も傾いてから、新井は浪人を余儀なくされたが、豪商の角倉了以（すみのくらりょうい）などから良縁を持ちかけられた。それを受けずに、新井は独学を続けた後、著名な朱子学者・木下順庵に入門した。新井のことを、

——優れた人物だ。

と瞠目《どうもく》した順庵は、甲府藩主の徳川綱豊に仕官させた。

この綱豊は、将軍綱吉に嫌われていたが、まさか次の将軍になるとは思ってもいない。ゆえに、新井白石は世捨て人同然だった。それが二十年程後には、〝正徳の治〟の一環として、荻原の経済政策を真っ向から批判して追放し、死に追い込むのだから不思議な縁である。まこと、人生とは何が起こるか分からない。

とまれ、この時点では、天下人同然の柳沢吉保の権勢のもと、荻原は自らが与えられた職責を遺憾なく発揮していた。

「新井がなんだ……というのだ」

もう一度、荻原が尋ねると、重右衛門は控えめな態度ではあるが、

「へえ……『泉屋』二代目友以さんが、京の出である木下順庵様とは昵懇だったらしく、三代目の友信さんになってからも、ちょっとお付き合いがありまして……」

木下順庵は幕府の儒官として、綱吉に教えを授けた上で、幕史に関わる編纂《へんさん》事業に

も携わっている人物である。むろん、荻原は百も承知だが、『泉屋』との繋がりがあるとは知らなかった。

「つまりなにか？　その筋からでも話はつけられる。おまえはそう言いたいのか」

威圧したように見る荻原を、じっと見つめ返して、重右衛門は続けた。

「まさか、そのようなことは……ですが、新井様は堀田様に仕えていた頃から、何かと荻原様の施策には批判をしていたそうですな。たとえば、検地や代官粛正についても」

「血も涙もない、と言いたいのであろう。おまえもそう思うか」

「少しは……」

「ふん。新井なんぞ、勘定のことなどみじんも知るまい。頭でっかちとは、あやつのことよ。だが、よく考えてみよ。現実に財政は逼迫《ひっぱく》しており、このままでは幕府の屋台骨は傾き、天災飢饉などが重なれば、民百姓が塗炭の苦しみを味わうこととなる」

「…………」

「町場では、元禄景気と浮かれておるが、物が余っているのが実態。金の廻りがよいなどというのは、砂上の楼閣も同じ。いつ弾《はじ》けても不思議ではない。それゆえ、政事を預かる者は、どこかで情けを絶たねばならぬ」

「私も商人ですさかい、それくらいは心得ております。ご公儀の財布を憂えているのでございます」

「ならば、何故、木下順庵だの新井白石だのを持ち出す。新井は私と同じくらいの年だが、いまだに何ひとつ、事を為しておらぬ。ただ学問に秀でているというだけで、幕政を語るとは片腹痛いわい」

「その新井様が……甲州に赴かれて、金山衆などと現実も学ばれたのでしょう。これからの別子銅山の営みが、この国の行く末を左右すると考えておいでです。荻原様とまったく同じなのでございます」

「だから……？」

「もし、荻原様が、粗銅を運ぶ道の変更をご決断して下さらないのであれば、木下順庵先生を通じて、上様に直訴することも手立てとして考えております」

「なんだと……おまえは私を愚弄するつもりか……幕府と『泉屋』の橋渡し役は、この荻原だということを忘れたか」

荻原の顔に血の気《け》が上るのが、重右衛門の目にもはっきりと分かった。

「決して忘れておりまへん。深く恩義に感じ、感謝しております」

「…………」

「だからこそ、これからも荻原様のお手柄にして貰いとう存じます。荻原様には佐渡奉行に留まらず、もっともっと偉いお人になって貰いとう存じます」

重右衛門は深々と頭を下げたが、荻原は腹立たしげに、

「――『泉屋』の奴らは、杉本助七といい、おまえといい……忌々《いまいま》しいのう」

と呟きながらも、何もかも承知したように小さく頷いて、

「幸生銅山の方は去年も雪害で、四十四人もの掘子らが凍死してるらしいが、その後も厳しいゆえな……別子銅山に頑張って貰わねばならぬのう」

貨幣改鋳の目論見があるゆえ、秋田、南部という大きな銅山が稼行できないときには、別子銅山を頼らねばならぬということに、荻原は改めて気づいたのだ。

だが、天満浦より近い、新居浜浦に運搬道ができるのは、まだ先のことである。その前に、別子銅山には予想だにしなかったことが起こる。幸生銅山が雪害に苛《さいな》まれたように、別子銅山には別の災禍が訪れるのだが、神のみぞ知ることだった。

三

南国である四国の別子銅山も、西日本で最高峰の石鎚山に連なる高山ゆえ、冬場の

雪は厳しかった。

三千人が暮らす天空の町をすっぽりと包んでしまい、雲で見えぬ〝下界〟とは遮断されてしまう。その間は、町に蓄えられた物資だけで過ごさねばならず、採鉱することも厳しく、まるで雪国のような暮らしであった。

ようやく春の芽吹きが訪れた、元禄七年（一六九四）四月のことであった。

その日は晴れ渡った空で、峠道も貫通して、溜まっていた粗銅を運ぶ仲持たちの姿も見えた。入れ替わりに、川之江や天満浦から訪れた出商いの者たちも銅山町に現れた。

「いやあ、お久しぶりです……渓流はまだ所々、凍ってるねえ」

「山頂は真っ白やし、獣はまだ冬眠かねえ」

「今年もよろしゅうお願い致します」

「こちらこそ、どうぞ」

まるで新年の挨拶をする出商いの者たちの声があちこちでして、勘場の前に着物や履き物、油や薬、塩漬けの魚や乾物などがズラリと並べられた。近在から菜の物や川魚なども届けられたが、これらはみな『泉屋』の差配によるものである。

銅山町の衣食住に関わることは、すべて『泉屋』が面倒を見ていた。山師が山の者の暮らしをすべて支えるということは、他の鉱山ではめったにないことだった。銅吹屋でもある『泉屋』に財力があるからこそできることだ。掘子や水引らみんなに、安心して仕事に専念させることが、山師としては最も大切だったのである。

春の陽射しを浴びて、坑道に向かう者もいれば、朝の仕事に疲れて帰って来る者もいる。女たちが鉱石を砕き、それを焼竈《やきかまど》で焼く職人たちもいる。銅と硫黄分とを分離するための作業だが、容易ならぬ作業であった。

竈の底に薪を敷いて鉱石を並べ、それを幾重にも積み、藁《わら》や筵などで覆った上で、水を打ってから、火で燃やすのだ。途中、水を掛けながら、三十日から五十日を費やして続けると、千貫目あった鉱石は、七百貫目ほどの焼鉱と化す。その間、硫黄分を含んだ煙が出るので、凄い臭《にお》いもあって、職人の他はめったなことでは近づけなかった。

その後、素吹床という火床で、ふたりがかりで鞴《ふいご》で吹きかけ風と火を送り、滓を取り除いて銅分だけを取り出す。さらに、炭火にかけて溶かし、銅湯にしていく。これが〝アラガネ〟と呼ばれる銅であり、水で冷まして取り出すと、やっと製品と言えるものになる。

この銅が大坂に送られ、銅吹所の竈でさらに溶湯としてから、また冷やし固める真《ま》吹《ぶき》という作業を繰り返す。それを、直径一尺、厚さ五分ほどの銅板に整える。そこから、さらに純度の高い銅にするために、棹吹《さおふき》という型に流し込む工程によって精錬し、棹銅として完成させるのだ。

棹銅とは、長崎貿易で使われる高級な銅のことである。国内で使われる地売銅も純度はほとんど同じだが、型が違うだけだ。それほど優れた商品に仕上げるため、別子銅山から産出された銅鉱に、『泉屋』は念入りに手を掛けたのだ。

長崎貿易で使われる棹銅を作る誇りを、別子銅山の掘子たちは持っていた。誇りがあったからこそ、日々の大変な辛い仕事の励みになったのだ。その思いが、山留の長兵衛は尚更、強かった。

「おまえさん。どうか、今日もご無事で……」

髭の老人像に拝むおときのお腹《なか》はポッコリと出ていた。子を授かったのである。

仕事から帰って来るといつも、長兵衛は湯場で体を洗う前に、

「おう、今日も元気か。お父《と》うも元気で帰ってきたぞ。すくすく大きくなれよ」

と、おときのお腹をさすりながら声をかける。今年の夏には、親父になることが張り合いとなって、長兵衛も益々、気合いが入るのであった。

この日――。

歓喜坑に入る前に、長兵衛は支配人の杉本助七、手代の平七ら勘場役人らとともに、銅山町外れにある焼竈を見廻った。

雪解けから、あっという間に春らしい日が続き、乾燥した日が重なったからである。強い風もあって、丁度、銅山の人々が暮らす下財小屋の方に、硫黄の臭いが流れ込んでいる。子供らの体にもよくないので、板戸などを重ねて、少しでも風向きを変えるための作業を行うためであった。

助七ら『泉屋』幹部が最も心配しているのは、粗銅の産出量や銅の出来具合ではなく、銅山に暮らす人々の体のことであり、災害や疫痢から守ることであった。

どの金山や銀山、銅山でも、風水害が起こるのは概《おおむ》ね、七月から九月の夏場だ。梅雨《つゆ》や台風が重なるからだ。

一方、火災は炭火を沢山使う冬と、乾燥する春が多い。

もちろん、高地にある別子銅山では雪崩《なだれ》などの雪害にも注意を払わなければならなかった。大雪になればなるほど、春先の雪崩が危険で、前年も歓喜坑の上から一挙に雪が落ちて、しばらく坑道に入れない状態になった。粗銅や日用品などを運ぶための峠道も閉ざされ、下財小屋への出入りすら困難になるときもあった。

他に突然の地震や思わぬ湧き水などによる甚大な被害も出る。まさに山奥にある銅山は、厳しい自然との戦いだった。だからこそ、支配人や山留は常に、危険を見抜かねばならない。そのためには、日頃の巡廻が大切なのだ。

焼竈には、大きな小屋を掛けており、煙を逃がす筒を設けているのだが、いつもより強い臭いも噴出していた。

――妙だな……冷やし水が足りないのではないか。

と長兵衛が近づこうとした途端、ボンと音がして筒から炎が猛然と燃え上がった。

「あっ……！」

助七も同時に声を出したが、次の瞬間、さらに大きな爆音がして、煙筒が破裂し、炎が小屋の壁や屋根に燃え移った。ほんの一瞬のできごとだった。

「た、大変だ！　火が……火が！」

職人たちは焼竈に懸命に水をかけていたが、炭で真っ赤に燃えている鉱石はけたたましく熱くなっており、まさに焼け石に水だった。かけるそばから、蒸気となって消えてゆく。

「備えの桶や瓶の水をぜんぶ掛けろ！　もたもたするなッ。小屋が燃えてしまうぞ！」

長兵衛は職人たちに声をかけながら、桶の水を力任せにばら蒔《ま》いた。しかし、ジュッと音がするだけで、雲散霧消するだけであった。それでも、長兵衛は他の者にも声をかけて懸命に水をかけた。

この焼竈の周りには、何十もの桶や瓶があって、どんな火事が起きたとしても消せるほどの水が蓄えられてある。駆けつけてきた大勢の掘子たちも一緒になって、鎮火しようとしたが、

――ふわふわ……。

と火の塊が近くの樹木に飛び移り、あっという間にメラメラと燃え上がった。

乾燥しているから、まるで火に薪をくべるようなものである。小さな炎が枝を這って走ると、樹木全体に燃え広がるのに寸分の時もかからなかった。まるで生き物のように、樹木が揺れ始める。

「向こうだ！　消せ、消せえ！」

叫ぶ長兵衛の声が銅山の町中にこだました。同時に、ふだんは時を報せるのに使う鐘を、助七はガンガンと鳴らし始めた。

激しい音や怒声に驚いて、下財小屋を始め、あちこちの作業場から人々が飛び出てきて、焼竈のある山肌を見上げた。その人々たちの頭の上にも、ゆっくりと風に舞いながら、火の粉が飛んできている。

火災に備えて、天水桶は小屋や通りのあちこちに置かれてある。頭から落ちてくる火の粉を払いながら、人々は必死になって水をかけたり、布団をかけたりして消した。しかし、次から次へと火の粉は舞い続けた。そして、無数の火の粉は吸着するように大きくなり、鳥のように飛んでくるや下財小屋の屋根にバッサリと落ちた。小屋の屋根は瓦ではなく、ほとんどが板葺《ぶ》きである。乾燥していることに変わりはなく、炎が張りついて、まるで油でもかけたかのように燃え広がっていく。

炎が上がった屋根から、別の棟に延焼し、さらにまた違う方に飛んだ火の粉の群れは、しだいに大きな炎の化け物のようになって、銅山の空が真っ赤になるほどだった。

「――火の鳥が飛んできたようだ」

と誰かが叫んだ。空に舞う火の粉は、まさに翼を広げた赤い鳥に見えた。

その群れは、折からの風に乗って、山頂から渓谷の底に向かって急降下するような勢いで、銅山町のあちこちに吸い寄せられていった。岩肌にぶつかって飛び散ったり、川に落ちて消えるものもあったが、ほとんどは木で出来ている小屋に燃え移った。さらに大きな炎となって、製錬所の竈の火とも重なり、炭小屋も激しく燃え上がり、どんどん樹木にも広がっていく。

「逃げろ！　川の方へ下れえ！」

「筏《いかだ》に乗って逃げろ！」

「水を被れえ！　ためらうな、川に飛び込めえ！」

「女子供が先だア！　みんな手を貸せえ！」

あちこちで狼狽《ろうばい》した怒声が飛び交った。だが、川へ向かおうにも急峻な崖道があるのみで、その行く手も飛び火で燃え上がっている。勘場や下財小屋で逃げ惑う人々は、八方塞がりの中で立ち尽くしたり、泣き叫びながら座り込んだりするしかなかった。

「助けてえ！　熱いよう！」

「お父う！　おっ母ア！　恐いよう！」

幼子の泣き声もバリバリと燃え盛る炎の奥で聞こえる。我が子を助けるため、あえて火の中に飛び込む母親らもいた。

さらに炎は、風の流れによって、坑道の中に吸い込まれる。逃げ出そうとする掘子や水引たちも、猛然と迫る炎にたじろぎ、奥に逃げるしかない。あまりもの熱さで絶叫する声も谺した。

阿鼻叫喚とはこのことだ。そんな火焰《かえん》地獄を眺めながら、長兵衛は力任せに燃えている小屋を大きな木槌で壊したり、斧で木を倒したりした。が、やはり蟷螂の斧に過ぎない。それでも決して手を止めることはなかった。

「ふざけるなッ。ばかやろうが！　こんなことで……こんなことで、俺たちの町を焼かれてたまるかッ。壊されてたまるか！」

長兵衛は赤鬼のような顔になって、火を消そうとしたが、もはや手の着けようがない。ずっと近くで一緒にいた助七も、

「もう無駄だ……逃げよう」

と声をかけたが、長兵衛は頑として動かなかった。

そのときである。眼下にある歓喜坑から這い出てくる掘子たちが、必死に何かを叫んでいるのが耳に飛び込んできた。振り向いた長兵衛が声をかける。

「何をしとんじゃ！　おまえら、早《はよ》う逃げんか！」

「頭領！　坑道の中まで火が入って、出られん奴らもおるんじゃ！」

「なんじゃと！」

長兵衛は坑道口まで駆け下りて、奥を見やった。熱気とあいまって空気が薄くなったのか、倒れたままの者たちの姿が、螺灯《らとう》に浮かんでいる。

「こりゃ、いかんッ。おまえらも手を貸せい！」

頭から桶の水を被った長兵衛は、後先考えずに坑道の中に入っていった。三年掘り続けたから、かなりの深さである。自力で這い上がって来られる者はいない。だが、

狭い坑道ゆえ背負って出ることはできない。

長兵衛は奥に倒れている者たちに声をかけ、余力のある者たちが抱きかかえて運び出させようとした。

そこには立川銅山から招いて組頭にした八十吉も倒れていた。

「おい。しっかりせえ！」

声をかけて近づこうとすると、なぜか、その奥に源次郎が蹲《うずくま》っていた。

「——これは、金子村の……?!」

長兵衛が螺灯を掲げて声をかけると、源次郎は悲痛な顔で、

「た、助けてやってくれ……こいつを……大事な甥っ子なんじゃ。子供がおらん儂には、大事な子も同然じゃけんッ」

哀願するように手を合わせた。

「あんたが、どうして、ここへ……」

「杉本さんに頼まれて、新居浜道の一件について話し合おうと思うて、銅山峰を越えて訪ねて来てたんじゃ。そしたら、この火事騒ぎじゃ……八十吉がまだ奥におると聞いて、儂はたまらず……」

入って来たというのだ。掘子の経験のない者が坑道に入れば邪魔になるだけだが、

文句を言っているときではない。

「おおい！　みんな来てくれえ！　なんとしても、みんなを外に出すぞ！」

蟻のように這いずりながら、少しずつでも地上に出すしかない。さりとて、表も炎が待っている。その上、坑内に熱が籠もると岩盤を支えている柱や梁《はり》に隙間ができて、崩れやすくなっていた。

「急げ！　崩れるぞ！」

長兵衛は八十吉を背負い、源次郎には外へ行くよう背中を押した。

坑道の外からは、心配そうな助七が大声で励ましている。

その行く手を見つめながら、長兵衛の意識もしだいに薄くなってきた。息苦しくなってきたのである。だが、ここで立ち止まるわけにはいかぬ。必死に八十吉と源次郎を坑道から押し出そうとした。

そのとき――炎の塊が猛然と坑道に吹き込んできて、一瞬にして肌が火傷《やけど》をするほどの勢いで包まれた。

「逃げろ！　逃げるんだ！」

長兵衛は最後の力を振り絞って、ふたりを坑道の外に突き飛ばして出すと、自分は炎の煙の中に倒れ込んだ。だが、ゆっくりと立ち上がると逃げるのではなく、

「まだ、奥におるんや……逃げられんもんが、おるんや……」

と助けるために坑道の奥に戻った。

火の海ならぬ、火の山になるのにさほど時はかからなかった。こうして、巳《み》の中刻（午前十時）頃に燃え上がった火は、未《ひつじ》の下刻（午後二時半）過ぎまで続き、勘場、焼竈四百基、鉱夫小屋二百二十五軒、選鉱場二十五軒、銅蔵、炭蔵、そして米蔵の二百八十石がすべて燃えてしまった。

まだ開坑して三年の銅山町は、灰燼と化したのである。

四

別子銅山の大火事のことは、すぐに大坂『泉屋』の本店にも届いた。

当主の友芳は愕然《がくぜん》と項垂《うなだ》れて、言葉も出なかった。先代を継いでから九年。別子銅山の開坑には全力を注いできたが、積み上げてきたものが瓦解《がかい》する思いだった。

「旦那《だん》さん。しっかりしなはれ……」

支配人の田向重右衛門は、まだ若い友芳を励ましながら、遥々四国の銅山から注進に駆けつけてきた手代の平七を労《ねぎら》った。友芳も気を取り直すように、山で働く人々の

安否を訊くと、

「焼竈の火がもとで、あちこちに飛び火して……百三十二人もの人が……炎に巻き込まれて、死んでしまわれました」

「な、なんやて……！」

思いの外、甚大な被害を受けたと知って、友芳と重右衛門のみならず、奉公人たちは立っていられないほど身震いをした。

「で、支配人の助七はんはどないした……」

重右衛門が尋ねると、平七の目から俄に涙が溢れてきて、首を横に振りながら、

「支配人の杉本助七さん、次役の茂右衛門さん、善右衛門さん、宇右衛門さんらは銅山峰の方に逃げはったんですが……炎に巻き込まれて、みな死んでしまいはった……うう」

「そんな……」

「立川銅山の者が〝向かえ火〟を放ったからです。それで行く手を阻まれて……」

〝向かえ火〟とは延焼を防ぐために、山焼きや焼き畑などでするように、あえて山を燃やすことである。

「すんまへん……私だけが生き残って……谷の方へ女子供を逃がせと命じられてたも

んで、すんまへん……」

土下座をするように謝る平七の震える肩を、重右衛門は撫《な》でながら、

「自分を責めんたらあかん……で、長兵衛さんはどうした。無事か」

「…………」

「おい、まさか……」

「みんなを助けるために、必死に火を消してて、最期《さいご》は歓喜坑の中で……うぅッ」

泣き崩れた平七は、長兵衛の最期を話した。

坑道に残された掘子や、たまさか別子銅山に来ていた立川銅山支配役である源次郎らを助けるために、自分が犠牲になったことを伝えた。川之江の代官たちも来て、生き残った銅山役人たちとともに、長兵衛の亡骸を確認したのだった。重右衛門は愕然となって目が虚《うつ》ろになり、

「そ、そんなアホな……長兵衛さんは、子供ができたばかりと喜んでたのに……あんなに楽しみにしてたのに……」

「へえ……」

「可哀想なのは残されたおときさんや……まだ身重なのに、どうしたらええのや……あんまりや。別子銅山のために尽力した長兵衛さんや助七を……神仏は無慈悲なこと

をするものじゃ」

　悔しさと怒りが入り混じった声で、重右衛門は何度も何度も、自分の膝を打ちつけた。長兵衛とおときの無念さを考えると、いたたまれなくなった。

「だけど、重右衛門どん……私らが泣いてたのではあかん」

　友芳は凜然とした目になって、

「百三十二人もの犠牲者が出たのやからな。丁重に供養して、二度と同じ事が起こらんように手立てを立てんとな」

　と今度は逆に、重右衛門を窘《たしな》めるように、そっと肩を叩いた。

「そうだすな……ここは泣いたらあかん。長兵衛さんの思いを……犠牲になった大勢の銅山の人たちの命を無駄にしたら、あきまへんな……へえ」

　涙を拭《ぬぐ》った重右衛門は、すぐに手代の七兵衛を先発隊として別子銅山に差し向け、復旧のための救援金や物資を運ばせた。

　その後、重右衛門と平七も災害時に必要な米や塩、味噌など食糧を届けるのはもとより、杉本助七や長兵衛らを丁重に埋葬し、復興に取りかかった。凄惨な銅山町の様子にたじろぎ、悲しみの再会であった。が、重右衛門は涙よりも、汗を流すべきだと山師家内たちを奮い立たせた。

わずか一月の間に、御番所四軒、米蔵、大工蔵、吹所十九軒、焼竈四百基、炭蔵十一軒、鋪方小屋と砕女小屋がそれぞれ十二軒……など次々と再建されていった。新たな勘場は、万が一の災害のときに機能ができるよう、銅山川右岸の見花谷《けんか》と土持谷の間に作られた。この場所は、明治になるまで継続し、この後の別子銅山事業の要となる。

重右衛門は改めて、長兵衛の妻・おときに深い悲しみを伝え、お悔やみを言ってから、これからのことを話した。

「なあ、おときさん……あんたは備中高松城下の商家の娘さんや。『泉屋』としても面倒を見るさかい、実家に帰って暮らせばよろしいと思うけれど、どないやろ」

身重のおときのことを思ってのことだ。が、重右衛門の問いかけに意外にも、

「いいえ。私はここに残ります」

とハッキリと言った。

「でもな、この町はまたどんな災いが起こるかもしれへんし、長兵衛さんあっての暮らしや。女手ひとつでは厳しいと違うかな」

「長兵衛とふたりで生きていくと決めた銅山の町です。私は長兵衛の遺志を継ぐためにも、この町に残ります」

「気持ちは分かるけど、一番大切なのはお腹の子や……それに、落ち着いたら新しい人と結ばれることだって……」

「とんでもありません。私は〝切上り長兵衛〟の女房です。この子のためにも、私は別子《ここ》に留まって、長兵衛の代わりに、この銅を生む町がどうなっていくのか、この目で見届けたいんです」

　細身の美しいおときではあるが、信念が強くて気丈なところこそが、長兵衛の女房に相応しかったのかもしれぬ。一度決めたら頑として動かぬ岩のようだった。

「さよか……そこまで言うのでしたら、この田向重右衛門も手助けさせて貰うさかい、なんなりと言いつけて下さいや」

　優しい笑みで励ましたとき、源次郎が申し訳なさそうに入ってきた。新居の金子村の庄屋であることは、重右衛門にもすぐに分かった。思わず睨みつけ、

「どの顔を下げて来たのや。あんたを助けるために、長兵衛さんは死んだと聞いたで」

「…………」

「その上、立川銅山の方から〝向かえ火〟を焚いたという話やないかッ」

　重右衛門らしくない強い口調だった。それでも源次郎は項垂れたままだった。いつ

もの自信に満ち溢れた顔ではない。深く反省をしている様子で、

「おっしゃるとおりじゃ……儂が、長兵衛さんを殺したも同じじゃ……このとおりです。どうか、堪忍してやってつかあさい。いや、どんなことでもしますけん……一生かけて償いますけん」

と涙ながらに言った源次郎を、重右衛門は突き放すように責めた。

「私はね、あんたが付け火をしたんじゃないかとすら思ってますのや。『泉屋』の手代らは用心深いでっさかいな、火事なんぞ起こすわけがあらしまへん」

「…………」

「そもそも、あんたが銅山におったということが怪しい。別子銅山の稼行を『泉屋』が幕府から許された折には、あんたも相当、腸が煮えくり返ってたそうやしな。恨みで、こんなことをしたのやないやろなッ」

自分でも鬼のような形相になっていると、重右衛門は感じていた。そんな顔を見ながらも、源次郎は黙って聞いていた。

だが、意外にも、おときが庇うように声をかけてきた。

「――重右衛門さん……それは違います。この方は何も悪いことないんです」

「え……？」

「掘子たちを救うために、うちの人が坑道に取り残されたときも、この源次郎さんが最後まで諦めずに助けに行こうとしてました。火事が収まった後も、懸命に……後日も、私たちのために色々と面倒を見てくれました」

おときは諦観したような目になって、

「もし長兵衛が生きていても、誰も責めたりしないと思います。不幸が重なっただけなんです……だからこそ、私はここで生き続けていこうと決めたんです」

と毅然と言った。

その言葉を聞いた源次郎は、愕然と首を振りながら、

「付け火なんぞはしてません。けど、重右衛門さんの言うとおり、儂は長兵衛さんに嫉妬しとった。元は立川銅山におった奴が、一丁前の山師になって、大勢の子分を連れて大物になったのが、悔しゅうてならんかったのは、ほんとのことじゃ……」

「…………」

「なのに、長兵衛さんは、こんな儂と甥っ子を命がけで助けてくれた……アア……じゃけん儂は、おときさんと長兵衛さんの子をきちんと面倒を見なきゃいかん。できるだけのことはするけん、このとおりじゃ」

源次郎はまた深々と頭を下げて、一生かけて償うと繰り返した。

「はい……私も夫が作ったこの銅山町で、命のある限り、頑張りたい……だって、ここには長兵衛がいてくれるんだもの」

女房としての覚悟を、重右衛門は受け止め、これから生まれてくる子のためにも、後押しをすると心に誓った。金子備後守の願いを、ここで絶やすものかという思いもあった。

重右衛門は、犠牲者のために勘場の沢下に蘭塔場を作って慰霊し、新たに銅山町を築いた。稼行を再開した翌年には、百万斤（約六百トン）を超える銅を産出した。

まさに不死鳥の如く蘇ったのである。

しかし、自然の脅威は、この大火に留まらなかった……。

五

翌年、元禄八年（一六九五）七月のことだった。

何日も夜通し降り続いた豪雨のため、谷水はどんどん増水し、峰から押し寄せた水のために山肌が崩落し、稼人小屋が押し流された。真夜中の出来事だったため、寝込みを襲われる形となり、数人の親子が犠牲となった。

その激流は、稼人小屋のみならず、坑道内にも浸水し、道や橋なども壊し、吹屋、焼竈、炭蔵、鋪方役所などにも悉く被害をもたらし、去年の大火事を引き継ぐかのように銅山の町を壊滅状態にさせた。

かくも厳しい水害は銅山町を悩ませた。これから五十年程後の寛保年間には、もっと凄い大水害が起こるが、火災とともに別子銅山の歴史そのものと言っても過言ではない。かように、何十間もの運搬道が崩落し、坑道や吹床には泥水や砂利が流れ込んで、もはや復興することは絶望と思われた。

被害の状況を聞いた『泉屋』本家の友芳は、二年連続の災いに、歎息をつくしかなかった。天を恨みたくもなったが、銅山という自然の恵みで稼いでいる限りは、ある程度は覚悟しておかねばならぬことであろう。

「それにしても、あんまりやないか……」

怒りや悲しみを誰にぶつけてよいか、友芳は分からなかった。重右衛門も同じ気持ちで、去年の大火事の気持ちも癒えぬ間の災禍に、打ちひしがれていた。

「ですがね、旦那様……私は、本当にただの水害だったのかと疑っているのです」

「まさか火事のように、付け火とか火の不始末ってことはないやろ」

事実、火事は四季を通じて、いつでも起こりえることで、稼人小屋はもとより、炭蔵や焼竈《やきかまど》、素吹床《すぶきどこ》などから出火することは多かった。だが、水害は人のせいではあるまい。

「いいえ。火事同様、人の不始末かもしれないと思うとります」

「というと……？」

「昨年、別子銅山に行ったとき、わずか三年余りで山の様子が随分と変わっておりました。辺り一面、炭を作るための樹木が伐採され、赤茶けた土が露《あら》わになり、焼竈や吹所から出る煙で枯れてる木々もあって……長兵衛らと一緒に踏み入ったときの景色とは、まったく違う山になってたのです」

「ほうか……」

「あれだけ樹木が減れば、土や岩が崩れやすくなるのは当たり前……なんとか手を打っておかねばなりません」

「えらいことやな。やはり、無理があったのやろか」

歎息を重ねる友芳だが、重右衛門は毅然と首を横に振りながら、

「ですが、旦那様。嘆いていても何も始まりません……大きな自然には敵いまへんが、万全を尽くして防ぐしかありまへん」

「まあ、そやけどな……犠牲になった者たちが気の毒で気の毒で……」

「手厚く葬った上で、うちからも精一杯、見舞いはしますが、私が案じてるのは、災害が続いたことに恐れをなして、山の稼人たちが別子から立ち去ってしまうことです」

「そやな……」

「もちろん、人々の暮らしを建て直すのが先決ですが、災害に強い町にもせねばなりまへんな。でないと……長兵衛さんや助七どんが浮かばれまへん」

「ああ。ほんまやな……」

しんみりとなった友芳の顔を、重右衛門はじっと見つめてから、

「けど、嘆いてばかりおっても、あきまへんなあ」

と帳場から算盤《そろばん》を持ってきてササッと玉を弾いてみせた。

「去年の大火事による損失は、銀百六十貫余り、およそ二千七百両にも上ります。でも、一月後には再開し、この一年で百万斤も産出したのに、文字通り水の泡ですわ」

「…………」

「今般の水鉄砲では去年ほどの被害はないにしても、坑道に水が入ってるのは手痛い。早速、水抜きに力を注いでますが、再開の目途がまだ立ってまへん。そやけど……」

重右衛門は険しい目つきになって、

「御公儀との約束を違えるわけにはいきまへんので、立ち止まらずに稼行します」

「――御公儀との約束……」

「へえ。荻原重秀さんの貨幣改鋳策のために、別子銅山の銅は欠かせまへんことは、旦那さんもよう承知してると思います」

「もちろんや。とはいえ、この状況やさかいな。御公儀も勘案してくれるやろ」

たしかに去年の大火事では少なからず見舞金も出た。『泉屋』のせいではないとはいえ、立て続けに大きな災害を引き起こしたとなると、本店が責めを受けてもしかたがない。しかも、別子銅山は、公儀の直山ではなく、『泉屋』の請山だから、泣き言を漏らすわけにはいかなかった。

「請山の山師としての意地もありまっさかい、断じて、銅が足りまへんとは言い訳とうないんです……金銀吹き直し、つまり貨幣改鋳は、今の幕府にとって大きな目玉。滞らせれば、『泉屋』のせいにかてされかねまへん」

元禄八年の貨幣改鋳といえば、日本の歴史上でも大規模なものだ。後に色々な批判は受けるものの、幕府の財政再建のために荻原重秀が大鉈を振るった経済対策である。

将軍の綱吉はもとより、側用人の柳沢吉保、老中の大久保加賀守、戸田山城守、阿部豊後守、土屋相模守ら錚々たる幕閣が一丸となって、打ち出した政策だ。中でも、阿部豊後守と若年寄の加藤佐渡守は、担当として腕を振るっており、その直下の実務は、勘定吟味役になった荻原重秀が担っていた。

　その荻原から『泉屋』に、銅に関する通達があったばかりだから、なんとしてでも援助するというのが、重右衛門の思いだった。そもそも、別子銅山を開くことの目的のひとつが、荻原のこの狙いにあったからだ。

　貨幣改鋳は、荻原の経済官僚としての目玉政策であり、そのために長い歳月をかけて上役に承諾を取り付けてきたのだ。その努力が報いられるよう手助けすることが、『泉屋』が栄えるための道筋でもある。

「荻原様はすでに、江戸の本郷に大規模な吹所を、別子銅山を開坑した元禄四年に作ってます。しかも、霊雲寺という上様が作った寺社地でっさかい、誰も文句を言う者はおりまへん」

　重右衛門が事情を話すと、友芳も江戸店から聞いて承知していると頷いた。

「そこでは、すでに金座後藤家の職人たちが駆り出されて、改鋳作業をしております」

「らしいな。で、重右衛門どんは、現物は見たのか」

「へえ、先般、江戸に出向いたときに……此度の元禄小判は、慶長小判と大きさも重さも同じでございます」

今で言えば、縦七・四センチ、幅三・九センチ。重さは十七・八五グラムである。

「小判の重さは四匁《もんめ》と七分六厘匁と変わらずですが、含まれている金の割合は八割五分くらいから、五割七分くらいに低くし、その代わり銀を増やしてます」

手で示しながら重右衛門が説明をすると、友芳は頷きながらも、

「けれど、それで大きさが同じならば、分厚くなりゃせんか？　銀は金の半分程の重さしかないさかいな」

「旦那様のおっしゃるとおりです。なんや、私が見ても不細工な感じがしました。しかも銀が多い分、白みがかってるから、表面だけの銀を取り除く〝色揚げ〟という磨きをかけて、黄金色に輝かせるんです」

「厄介やな……」

「金が減っても、一両は一両。値打ちは同じにしてます。こうやって、新しい貨幣をどんどん作って、世間に流通させることで、景気をよくすることになるんですな。そのためには、もっともっと作らなくてはなりまへん」

「なるほど……金を減らした分、〝色揚げ〟の手間も少なくするために、銅がもっと欲しいというわけやな」

「へえ。貨幣が足りなければ、金利が高くなり、借り手は減り、商売の元手がドッと少なくなる。その結果、職にあぶれる者も大勢出て、また不景気になる。そないなったら、『泉屋』の商いにも翳《かげ》りが出ましょう。だからこそ、ここは荻原さんに恩を売る必要があるのだす」

　重右衛門は先々のことを見越して、何が何でも別子銅山を火事や水害如きで手放してなるものかと力説した。むろん、友芳とて同じ思いである。

「佐渡奉行におなりになってる荻原様だからこそ、ええ塩梅《あんばい》にできてるのかと……旦那様、ここは『泉屋』にとっても正念場でっせ」

「おまえにかかると、いつも正念場やな」

「毎日、一生、正念場ですわ」

　笑う重右衛門の顔を見ながら、どこからこんな底力が湧いてくるのだろうかと、友芳は感じていた。だが、決して立ち止まることはできぬ。ふたりは言葉にこそ出さぬが、お互い心に誓ったのだった。

　一方、別子銅山では――。

　水害の後始末を、鉱夫たち自身の手で成し遂げていた。

　坑道の水捌けをさらに良くし、粗銅を運ぶ山道を整備して橋を架け、崩れそうな山肌は杭や砂利で固め、壊れた下財小屋や鋪方や吹所などを建て直し、新たな銅山町を再興していたのである。

その大勢の人々の中に、赤子を背負ったおときの姿もあった。顔や腕を真っ黒にしながら、他の女たちと一緒に砕女として働いていたのだ。

――少しでも別子銅山の役に立ちたい。夫が作った町を残したい。

という一心であった。

鉱石を叩く玄翁や鎚の音が子守歌のように、赤ん坊には響くのか、すやすやと眠っている。意思の強そうな一文字に唇を結んでいる男の子であった。

その年も冷夏で、米価が急騰して銅山の暮らしも厳しくなったものの、銅山越えから遥か遠くに眺められる瀬戸の海の輝きを目にするたびに、おときは心が揺さぶられるのであった。

「長太郎……ここがあんたが生まれて育つ故郷《ふるさと》なんやで」

いつの日にか、背中にいる子供が、まさに別子銅山を背負ってくれることを、おときは願っていた。

新居浜浦

一

元禄十五年（一七〇二）十二月十四日未明――赤穂《あこう》浪士が本所松坂町の吉良上野《きらこうずけの》介《すけ》の屋敷に押し入り、討ち取ったという報は、あっという間に江戸市中を駆けめぐった。

事の発端は、昨年、朝廷勅使の饗応役である播州赤穂藩主・浅野内匠頭《あさのたくみのかみ》が、こともあろうに高家筆頭の吉良上野介に、江戸城中にて斬りかかったのである。「遺恨を晴らす」とのことだったが、その場に居合わせた旗本の梶川与惣兵衛が浅野を羽交い締めしたため、吉良は額に軽傷を受けただけで済んだ。

丁度、この年の行事では、将軍綱吉公の御生母桂昌院が、朝廷から従一位という高い官位を賜るというめでたい話も出ていた。ゆえに、綱吉は激昂《げっこう》して、ろくな取り調べもしないまま、浅野内匠頭を即座に切腹させた。その上、播州浅野家を御家断絶としたのだった。

浅野内匠頭の遺恨とは何であったか、明瞭ではない。刃傷に及んだ理由は、

――浅野が賄賂を送らなかったため、吉良から嫌がらせを受けたから。

――浅野が製塩技術を教えなかったことで、吉良との間に溝ができたため。

――浅野内匠頭の正室・阿久里《あぐり》に、吉良が横恋慕したから。

など色々な噂が立った。あるいは、浅野内匠頭は、〝痞《つかえ》〟という胸が苦しくなる病が高じ、発作的に吉良を襲ったとも言われているが、真相は分からないままだ。

しかし、赤穂藩士にとっては、まさに青天の霹靂《へきれき》であった。

「いかなる理由があろうと、何らかのいがみ合いがあるとすれば、喧嘩両成敗が武家の原則ではないか。殿だけが切腹で、吉良上野介にお咎《とが》めがないのは不公平じゃ」

と赤穂の家臣たちは誰もが納得できなかったのだ。

たしかに、殿中にて先に脇差を抜いて斬りつけた浅野は悪いが、一国の大名を十分な取り調べもせずに切腹させたことに、家臣たちは大いに怒りを感じたのだ。しかも、座敷ではなく、庭先で切腹させるとは、理不尽この上なかった。

かくして、家老の大石内蔵助《おおいしくらのすけ》が中心となって、一年半をかけ、密かに主君の仇討ちを画策し、満を持して吉良の首を取ったのである。丁度、月命日のことであった。

「――困ったことになりましたな……」

柳沢吉保の常盤橋御門内にある屋敷の一室にて、荻原重秀は深い溜息をついた。

すでに柳沢は元禄七年に、川越藩七万二千石の大名になっており、大老が任ぜられる左近衛権少将《さこのえごんしょうしょう》の階位を賜っていた。あくまでも将軍側用人でありながら、他の幕閣を寄せ付けず、文字通り〝天下人〟同然の実権を握っていた。

荻原もまた元禄九年（一六九六）には勘定奉行に出世しており、従五位下の官位に加え、近江守という守名乗りもできていた。これらは貨幣改鋳によって、五百万両もの財政改善を成し遂げたことへの恩賞である。さらに、〝元禄検地〟も推し進め、長崎に出向いて貿易の改革も執り行っていた矢先のこの事件である。

ふたりとも神妙な面持《おもも》ちではあるが、明らかに赤穂浪士たちの所行を迷惑がっている様子である。

もっとも泰平の世にあって、仇討ちなどという物騒な事件を起こしたからではない。殿中での凶事は、貞享元年（一六八四）の老中・堀田正俊の一件を経験している。もう十数年前のことだから、まったく立場は違うが、

――江戸城中の悪い噂が諸藩に流れる。

ことを忌み嫌ったのだ。

ましてや、柳沢と荻原はいわば二人三脚で、幕府の財政再建を担ってきた。嫌われ役に徹して、厳しい検地や役人の罷免なども行ってきたのだ。

その幕府の姿勢は、諸藩にも影響を及ぼしており、財政の見直しを迫られていた。

赤穂藩はわずか二万石の小藩ではあるが、塩田によって五万石以上の豊かさがあったと言われている。それゆえ、吉良は多額の賄賂を求めたとの噂もある。

だが、勘定奉行の荻原の立場からすれば、諸藩の殖産興業に対して、新たな運上金や冥加金をかけることも考えていた。その矢先の赤穂浪士による討ち入りは、幕府への不満が招いた事件という側面もあるため、実に厄介だと頭を悩ませていたのだ。

「柳沢様は……如何、お考えなさいますか」

荻原が尋ねると、柳沢は冷ややかに、

「赤穂の浪人どものことなど、天下国家の話とは些《いささ》かも関わりない」

と答えた。

「……かもしれませんが、世間は、大石内蔵助をはじめ四十七士たちのことを、忠義の士だと誉《ほ》め称《たた》え、御政道批判をする輩もおります。ええ、私のもとには庶民の声が入ってきますもので」

「おぬしは誰のために政事をしておるのだ」

「もちろん、上様のためです」

「上様、となー……」

柳沢は小馬鹿にしたような笑みを浮かべ、

「ならば、主君のために敵を討ち果たした赤穂の浪人たちの気持ちが、おぬしには分かるということか」

「微禄ながらも、私も旗本のひとりゆえ、主君の上様のためならば命を投げ出します」

荻原が微禄というのは謙《へりくだ》言っただけのことだ。ただの下役人が、今や千二百五十石取りの勘定奉行だ。目の前の大老同然の柳沢には遠く及ばぬが、その地位に就かせたのは、自分だという自負もある。

「ほう。それは豪気なことよのう」

「本心でございますれば」

「おぬしの主君である上様の処断に、あの赤穂浪人らは逆らったのだぞ。しかも、真夜中に寝込みを襲うとは、いくら夜討ち朝駆けが兵法だと言っても、盗賊の類と変わらぬではないか」

「そこまで言っては……」

赤穂浪士の立つ瀬もあるまいと、荻原は言おうとしたが口を閉ざした。

「正々堂々と果たし合いをするならともかく、不意打ちを食らわすとは、主君も主君なら、家来も家来じゃ。江戸城内にて、いきなり斬りつけるのも、上様のお膝元で騒ぎを起こすのも同じことだ」

断じて許さないという怒りの目を、柳沢は向けた。その鬼のような形相は、修羅場を潜ってきた荻原でも身震いするほどだった。

「赤穂浪人たちは、すでに水野、松平、毛利、細川の大名四家に分けて預からせておるが、どの大名も同情し、まるで天下の忠義者扱いしておる。長引けばそれこそ御政道に傷がつく。さっさと始末をつけようと思う」

一同打ち揃って切腹させると、柳沢は考えていた。

「それでは余計に反発を買わないでしょうか。もし、そのようなことになれば……」

「ならぬ。人の噂も七十五日という。すぐに忘れて、目先のことに気も移ろう。だが、この騒ぎも考えようによっては、渡りに船かもしれぬ。人々の目がつまらぬことに向いているうちに、改鋳をさらに進めて、金の含有量を減らすがよかろう」

「いや、しかし……」

「それが、おぬしの務めではないか。でなければ、長崎くんだりまで行った意味もあるまい。よいな。勘定奉行としての務めを忘れるでないぞ。さもなくば……」

次の言葉は飲み込んだ。脅し文句をハッキリと言うほど、柳沢は野暮ではない。幕府の最高権力者は自分であることを自覚し、周りの者も承知しているからだ。もはや、上様への忠義などない。老中・若年寄ですら、柳沢の顔色ばかりを見ているのだ。

だが、荻原は少しばかり違っていた。元々、権勢欲がある人間ではない。この世は金がなければ廻らぬと承知している〝現実主義者〟なのだ。優れた理想や理念があっても、具体性がなければ人は動かず、世の中は変わらないと思っている。

ゆえに勘定奉行は天職といってもよかった。その自信もあった。

「元禄八年と九年の冷夏がキッカケとなり、米価は上がりました。改鋳と重なったこともあり、一石当たり百匁を超えました。今年は百十一匁に上がっております」

荻原は落ち着いた声で、柳沢に言った。

「高騰した……というほどではありませぬが、民百姓は困っております」

米価が高くなったからといって、百姓の実入りがよくなるわけではない。米本位制であるから、米価が高くなれば、金の値打ちが下がるゆえ、庶民の暮らしが困るのだ。

とはいえ、富裕層は小判で蓄財するので、最も被害を受けたのは、大店や札差《ふださし》ら豪商たちだ。しかも、豪商たちは慶長大判や小判を大量に持っているから、それを新しい元禄小判と〝等価交換〟されれば、金の含有量が低い分、大損することになる。

百姓と違って、商人たちには本格的な税はなく、せいぜいが運上金程度である。どのように商売で利益を上げたとしても、それに課税はされない。ゆえに、蓄財した貨幣の値打ちが下がれば、損をすることになり、それを等価交換した幕府は儲かる仕組みである。

つまり、荻原は民百姓を苦しめたのではなく、貨幣改鋳という施策を通して、富裕層を懲らしめることに目をつけたのだ。

それはまんまと功を奏したが、一方で商人から恨みを買うことにもなりかねなかった。かような施策に加担するために別子銅山を開き、そのお陰で、身代をさらに大きくした『泉屋』もまた、他の商人から妬まれる存在になった。

ゆえに鴻池《こうのいけ》などでは、新しい貨幣との交換に応じず、慶長の金銀を蓄えていた。同様のことをする商家が多かったため、幕府は元禄十年に、旧貨幣の流通を禁じた。

それでも、徹底せず、多くの商家の抵抗があり、あくまでも交換に応じなかった。仕方なく幕府は、一両の八分の一の値打ちのある〝二朱金〟という新たな貨幣を作って、貫目と額面を整える政策を打ち出した。

「それもこれも長崎交易のためです。これまでのように金銀同様、慶長小判などが流出する事態は避けとうございます」

荻原が三年前に長崎に赴いたときは、幕臣三百人からなる大規模な巡検であった。唐通事のもとに逗留《とうりゅう》している間、荻原がしなければならなかったのは、輸出銅の調達のことや交易による利潤や長崎会所の運営費などの詳細を調べ直した。殊に異国に流出した金銀の総額を洗い直す大変な作業であった。

これまでも、ふたりの長崎奉行が交代で赴任していたものの、概《おお》ね名誉職に過ぎぬから、実態は不明な点が多かった。

――長崎奉行を一度やれば、一生食うに困らぬ。

と言われるほど、賄《まいない》が懐に入ったり、御禁制品を処分して潤っていた。こうした事態も入念に調べた上で、長崎会所の地役人の役料や必要な経費以外はすべて、幕府が直に取り上げることとなった。つまり直轄したのだ。

同時に、銅座を大坂に設けて、長崎交易に関わる銅を一括して、幕府が管理することにした。それまで、長崎においては、自由に銅を売っていた業者がいたが、それを制限したのである。全国の銅は大坂の銅座に集められ、棹銅として長崎に送ることも含めて、幕府が監視することとなった。

荻原は『泉屋』や『大坂屋』に、新たに銅山振興策を打診した。こうして、別子銅山から産出され、作られる棹銅は、輸出品目として揺るぎのない貴重なものになっていったのである。

「ですので、柳沢様……かねてより住友『泉屋』から相談を受けております、別子銅山と立川銅山の揉め事。そして、新居浜道と新居浜浦の一件、知行替えについても、そろそろ結論を出さねばなりますまい」

「そうよのう……だが、おぬしの〝地方直し〟と〝知行割替《わりかえ》〟をもってすれば善処できようものを」

「西条藩も絡んでおることゆえ、私の一存では如何ともしがたく、埒《らち》があきませぬ。今こそ、幕府の裁断が必要かと存じまする。これこそが、長崎交易のためにも喫緊の課題かと思いますぞ」

決然とした荻原の鋭い眼光に、柳沢はしかと頷いた。このふたりにとっては、世間を騒がした赤穂事件などは、国家存亡を決める交易に比べれば、取るに足らぬ小事に過ぎなかったのである。

二

遡ること七年――丁度、大水害があった元禄八年のことである。

別子銅山と隣接する立川銅山の坑道で〝抜き合い〟が起こった。つまり、双方で掘ってきた坑道が貫通したのである。別子銅山の大和間符と、立川銅山の大黒間符がぶつかったのだ。

当然、『泉屋』と立川銅山の山師である金子村・与一衛門《よいちえもん》との間で、

――鉱脈は一体、どちらの所有なのか、はっきりさせたい。

という境界線を争う事件が起きた。

両者は、その年のうちに幕府評定所へ訴え出たが、調査の結果は、立川銅山側が分水嶺から五十間余りも、別子銅山に侵入していたと判明した。納得できない与一衛門ではあったが、同じ金子村の新五左衛門《しんござえもん》という者が山師となったものの、同じような〝抜き合い〟が何度も起こった。

「この際、別子銅山と立川銅山は、ひとつになればよいのではないか」

そのような意見が幕府評定所から出たが、西条藩としては、立川銅山を幕府に奪わ

れることを避けたかった。そのため、話は一進一退を続け、うまく進んでいなかった。

だが、幕府は、荻原をしていわゆる〝元禄検地〟をしていた頃であり、天領の知行割替を実施していた。それに乗じて、かねてから『泉屋』から嘆願されていた別子銅山も〝新居浜道〟を利用できないかということも、調査していた。

その調査に当たったのは、後藤覚右衛門を引き継いだ川之江代官・山本惣左衛門であった。むろん、幕府に境界線争いの裁決を仰いだのも、山本惣左衛門である。後藤が石見銀山代官に赴任した後、最も信頼していた山本を推挙してのことだった。

山本の案では、

——別子銅山から新居浜浦までに道沿いにある村々を、後背地として天領にする。

ということだった。

当然、山本の上役である勘定奉行・荻原重秀も承知していることであり、粗銅を運ぶ道だけでも確保できれば、境界線争いについても、幕府に有利に事が運べると踏んでいた。

折しも、長崎交易について調査をした荻原は、大坂に銅座を作ることも決定したから、何が何でも別子銅山と立川銅山の不毛な争いには決着をつけたかったのだ。諸国から銅を集束し、良質な棹銅を作ることが幕府のためであり、ひいては民のためだと確信していたからである。

そのことは、『泉屋』当主の友芳は百も承知していた。それゆえ、今年の正月には、自ら江戸に行き、荻原に今後の別子銅山について直談判していたのだ。

大きな目的は、『泉屋』による別子銅山の永代稼行、そして新居浜浦を湊として利用できるよう嘆願することだった。新居浜浦に粗銅を運ぶためには当然、西条藩の領内を通る道を作る必要がある。かねてより噴出していた〝抜き合い〟の始末もつけねばならない。

友芳は大きな覚悟で事に臨んだことを、重右衛門や店の番頭らに話して聞かせた。

「それは大変なことやった……頼りにしていた後藤覚右衛門様は任地に赴いたままやから、針の筵やった」

「でしょうな。私も一度だけ、荻原様におめにかかったことがありますが、なかなかしぶといと思いました。そやけど、勘定方の下役から這い上がってきた御方やさかい、変に権威をかざすことはせず、実利の話ができましたでしょ」

重右衛門が言うのへ、友芳は感心したように頷き返して、

「そのとおりや。おまえさんが心配していたとおり、別子銅山の一番の問題は湧き水の対策や。そのことについては、別子銅山側に排水坑道を一早く作ることが大事。こ

れは排水にかかる費用を削減するためや」

「へえ……」

「次に、別子銅山から遠い宇摩の天満浦ではなく、新居浜浦へ粗銅を運べるようにすること。これも費用が半減する」

「そのとおりでおます」

「後は炭の問題や。別子銅山の山《やま》の中で製錬するため、沢山の木材がいる。もちろん坑木のためにもな。開坑後、仰山、伐採してきたさかい不足しておるので、この際、一柳様の御領地の樹木も利用したいことも、お願いした」

「それでもダメなら、土佐との話も進めようと思うてます」

「ああ、そやな。そこまでやるのは、別子銅山を永代稼行する思惑が、私にあるからや。『泉屋』が一手に預かることで、長崎交易に必要な棹銅を安定して、間断なく提供できることを、丁寧にお話しした」

その甲斐があって、永代稼行の請負について荻原は了承した。そのために、新居浜浦の使用と運搬道を開くことも認められ、さらに西条藩の一柳領の木材についても、幕府から打診を約束された。その上、当座の資金として一万両を幕府から借用することができ、稼人たちのための買請米、六千石も許された。

「旦那様の思いやお考えが、ひたむきだったからこそ、お上に通じたんですな」

「いや。おまえたち、みんなのお陰や……そして江戸に出かける前に、隠居してる父に言われた言葉を胸に叩き込んでたからこそ、我慢してたのや」

「先代のお言葉……？」

「飛ぶはずのない焼鳥の足でも、紐で縛る如く、慎重に用心して交渉せえよ、とな」

「焼鳥にでっか。こりゃ、大旦那様もおもろいことをおっしゃいますな。ま、たしかに、すぐにケツをまくる友芳さんには、丁度よい箴言《しんげん》でございましたなあ」

「これ、重右衛門。そこまで言いなや」

信頼しているからこそ、使用人らの間でも笑い声が起こった。

とまれ、一万両の拝借金によって、新居浜浦へ至る運搬道も作れる見通しがついたが、西条藩領地の者としては面白くない。『泉屋』が幕府を懐柔したと思ったのであろう。

殊に、立川銅山の山師となっていた真鍋与一衛門は憤懣《ふんまん》やるかたないものが、しこりとして残っていた。すでに、金子村の庄屋である源次郎は、元禄五年に銅山から手を引いて、〝切上り長兵衛〟の女房子供の面倒を見ている。ゆえに、別子銅山の意向を大事にと考えていた。

そのため、新たに銅山経営をしている与一衛門とは不仲であり、新居浜道を作ることにも、西条藩の山林を使うことにも賛成であった。だが、川之江代官の山本惣左衛門と、元は川之江藩とは親戚にあたる一柳家との話し合いも、素直に実ることはなかった。

幕府が後ろ盾の別子銅山に対して、小藩に過ぎない西条藩の立川銅山は、苦境に立たされていたのだ。

そんな矢先――。

与一衛門は一族の真鍋甚右衛門や神野《じんの》藤右衛門らとともに、天領に侵入した咎で捕らえられた。

元禄十年（一六九七）に、別子銅山と立川銅山の境界線に鉄格子が作られ、お互いに通行を禁じることになっていたのだ。〝抜き合い〟の一件から、掘子同士での諍《いさか》いもあり、大きな争いになることを懸念してのことだった。

与一衛門の狙いが何であったのかは分からない。

だが、西条藩の立川銅山の山師が、幕府側に咎人として捕縛されたことは、大きな出来事に相違なかった。しかも、江戸まで連行されたのである。

「あれは……もしかしたら、罠《わな》だったかもしれまへんな……」

重右衛門がポツリと言うと、友芳や番頭や手代たちが驚いた表情に変わった。

「罠……でっか……」

手代のひとりが不審げに聞き返した。

「鉄格子のところには、双方の番人が見廻っておるからな。しかも、二間もの高さの鉄条柵を越せるものやあらへん」

「けど、他の獣道でも通れれば、行けないことは……」

「そんなことをして何の意味があるのや」

「立川の者は隠し掘りをしたり、抜け売りをしたりしてたと聞いたこともありますで。『大坂屋』の奉公人からも、そんな話を……」

「めったなことを言うたらあかん。もし、それが事実なら、御公儀の吟味があったときに明らかにされてるはずや。そんな話は一切、出ておらへん」

手代に向かって、重右衛門は諭してから、自分の想像だと断って、

「そやけどな……真鍋与一衛門が江戸で牢獄暮らしをさせられたことで、話は一気に『泉屋』にとって有利になって、要求がトントン拍子に叶えられた」

「…………」

「しかも、立川銅山の山師はまた『大坂屋』に戻ったさかい、話も付けやすくなった

……端から見たら、なんや御公儀に裏から手を廻したのとちゃうかと勘繰りたくもなろう。けど、疚《やま》しいことは微塵もない。商機というのは時の運が大きいさかいな、みんなしてあんじょうたのみまっせ」

これまで別子銅山にかけた金は莫大なものだ。しかも、大災害が立て続けにあって、稼人たちも疲弊した。坑道の排水普請も運搬道のことも、課題は山積みである。

「中でも、西条藩のことは、まだまだ幾つも乗り越えなければならんものがある。油断大敵でっせ。それこそ、焼鳥が逃げんように足を縛っておかなあかんなあ」

重右衛門が友芳の話を繰り返すと、奉公人たちは気を引き締めるのであった。

翌年の二月には、大石内蔵助を筆頭とする赤穂浪士たちはみんな切腹と相成った。そのことと関わりがあるかどうかは不明だが、この年、同じく播州姫路藩に対して、大坂大和川の改修の助役を、幕府は命じている。これを機に、幕府は諸藩に対して、大名御手伝いによる〝天下普請〟が増えた。

財政難によるものであるが、赤穂浪士のような社会不安を減らすのも目的であった。大名の力を弱めることで、無駄な騒ぎも静める狙いがあったのである。

同じ元禄十六年（一七〇三）の暮れ、関東一帯を揺るがす大地震が起きた。江戸市中には甚大な被害が広がり、江戸城郭はもとより、多くの武家屋敷や湯島天神、聖堂なども倒壊し、相模《さがみ》の小田原城も大きく破損した。幕府にとっては大打撃で、災害対策で捻出した数万両の一時金も、あっという間に消えた。

——赤穂浪士の祟《たた》りではないか。

などと噂が流れ、宝永と改元までされたが、この災害はほんの序の口に過ぎず、宝永三年には浅間山が大噴火した。

さらに宝永四年にも大地震が続き、倒壊家屋は東海、近畿、中部、南部、四国、信濃《しなの》、甲斐の国々で多く、北陸、山陽、山陰、九州にも及んだという。特に近畿地方内陸部の揺れは激しく、一万数千人が犠牲となり、上方だけで死者が五百人を超えた。津波も日本の諸湊のみならず、朝鮮や中国にも及んだという。

その一月後には、富士山が大噴火した。

富士山噴火による被害もまた駿河、甲州、江戸はもとより、信州、東海道、大坂や奈良、四国や九州に広がり、その被害は甚大としか言いようがなく、山崩れや土石流によって、河川の氾濫なども招いた。関東周辺では、噴火の影響で昼でも夜のように暗く、粉塵のせいで作物が育たなくなった。当然、飢饉が多発するようになる。

幕府の財政再建によって景気を回復したいという荻原重秀の思いを打ち砕くような、大災害が日本の津々浦々まで襲うのだった。

三

別子銅山も宝永の大地震の影響を大きく受けていた。

上方以西では最も高い石鎚山でも、地盤が歪んだり崩落などが起こっている。別子の山のように樹木が伐採された所ほど、水害同様に被害が多かった。人が蟻のようにしか見えない峰々でも、巨大な地震には脆《もろ》く儚いものに感じられた。

四国山脈を隔てた土佐には、津波が押し寄せたため、一万五千戸が流され、五千人もの死者が出た。それに比べれば、瀬戸内側はましだった。

とはいえ、元禄から宝永に変わって五年の歳月が過ぎていたが、災いは一向に収まる気配はない。狭い坑道内で働く掘子にとっては、まさに命がけの仕事であった。

しかし、この間、天領と西条藩領の知行替えも実現した。立川山村、大永山《だいえいやま》村、種《た》子川山《ねがわやま》村、東角野《ひがしすみの》村、西角野村、新須賀《しんすか》村が天領として組み入れられたのだ。

その代わり、蕪崎村、長田村、小林村、上分村、寒川《かんがわ》村など宇摩郡の村々が西条藩領となり、加増分も含めると、失った村の石高の三倍以上も増したことになる。それに、銅水による田畑への被害は、すべて天領側が負担することとなった。

別子銅山から取り出される粗銅は、立川銅山のある川沿いの道を経て、国領川沿いに扇状地が広がる地域を抜け、新居浜浦の大江浜に運ぶことができるようになった。そこは誰ともなく『泉屋道《いずみやみち》』と呼ぶようになった。そのお陰で手間暇が省けて、大坂への船輸送が格段に良くなったのである。

峰の地蔵がぽつんとひとつある。

銅山越えから、遥か遠く眼下に見える瀬戸内海の海は、今日もキラキラと光っている。もはや誰に遠慮することもなく、峠道を往来できるようになった別子者は、輝く海も自分たちのもののように感じていた。

道幅も少しは広げられ、行程も半減したとはいえ、〝おいこ〟を背負った仲持たちが銅山と湊を往復する仕事に変わりはない。毎日、数百人の仲持たちが急な坂道を歩いている。しかも、牛車道《ぎゅうしゃ》ができ牛が荷物を曳《ひ》くのは、明治十三年（一八八〇）だから、まだまだ百七十年も先のことである。

九十九《つくも》折りに連なる仲持たちの姿を眺めているのか、ひとりの少年が峠道に立った。遥か遠くの海を眺めているようでもあり、真っ青な大空を仰いでいるようでもある。まだあどけなさが残る顔だが、日焼けしたシッカリとした体軀で、首や肩の肉、二の腕の太さは大人顔負けであった。

その横に、姐《あね》さん被りをした継ぎ接ぎだらけの着物の女が立っていた。おときである。

「――長太郎……あれが新居浜浦や。おまえも一度は、行ってみればええ。あそこから大坂に渡って、見聞を広げるのがよろしい」

おときは一人息子の長太郎に語りかけた。もちろん、元禄七年の大火事で犠牲になった長兵衛の忘れ形見である。

「いや。俺はこの銅山《やま》で一生働く。出とうはない」

と長太郎は、傍らの峰の地蔵に声をかけた。

それは亡き父のために、蘭塔場とは別に誰かが作ったものである。ずっと別子銅山を見守ってくれと願ってのことだった。この後、行き倒れになった者や修験者、遍路などのために、他の地蔵もでき、風雨に耐えられるよう石垣で囲まれるのだが、当時はまだ一体だけであった。

「でもな、父ちゃんはこうして、瀬戸の海の方を見てる。きっと、おまえにはいつか広い世間に出て欲しいのやと思いますよ」

「だったら、なんで母ちゃんは、この銅山におったのや」

「もちろん、おまえを一人前の山留にするためや。父ちゃんに負けんようなな。けど、世の中は少しずつ変わってきてる。おまえが、いずれ子を持ち親になって、子孫たちに銅山の繁栄を託すためには、世の中がどうなってるか、『泉屋』さんが何をなそうとしてるか。そういうのを学ぶことも大切やで」

「そうかな……」

長太郎はもう子供ではない。商家なら丁稚《でっち》として働いている年頃だ。母親の言うことが理解できないではない。しかし、少々の勉学ならば、勘場役人たちから教えて貰っているし、銅山のことなら年配の山留から叩き込まれている。

幼い頃から、毎日のように岩石を壊す稽古を積んでいた。これは掘子になるならば、誰でもやっていることだ。丁寧に急がずに掘るのは、己との戦いである。そのための胆力をつけるために、薄暗い中で、凝り固まった姿勢で打ち続ける修業をせねばならない。技と心がひとつになって、山留に認められて初めて、坑道に入ることができるのだ。

さすがは〝切上り長兵衛〟の子だ、蛙の子は蛙だなと褒められる腕前になった。長太郎は、他の掘子よりも倍も三倍も仕事をしたいと思っていた。そして、

――いつかは一端《いっぱし》の山留になる。

という夢を、長太郎は抱《いだ》いていた。それが周りの大きな期待でもあった。

「父ちゃんは、子供の頃から、祖父《じい》さんと諸国の山の中を歩いて、金山や銀山、銅山を見つける術を学んだと話してくれたよね。そのまた祖父さんは修験者で、新居浜ゆかりの人だったとか」

「ええ。そうですよ」

「だったら、俺はここで生きていく。それが世のため人のためになるのだろうし、母ちゃんを楽させることもできる」

「………」

「俺はそれで充分じゃ」

体格だけでなく、頑固なところも父親譲りなのであろう。だが、母親の思いは、立派な山留になりたいのなら、もっと広い世界を見ることが肝要だと教え諭した。

「それだけではあらしまへん。おまえのように地べたを這う暮らしをする人々の気持ちを汲《く》み上げるためにも、必要なことなんよ」

「汲み上げる……?」

「銅鉱を掘ると、水が湧く。それを汲み上げる仕事は一番、辛い。粗銅を運ぶ仕事も人に言えぬ厳しさがある。なんせ、男は十二貫半（約四十七キロ）、女でも八貫以上（約三十一キロ）の荷を背負うのやからね。おまえが腕を振るって掘ってられるのは、そういう人たちがおるお陰や」

「…………」

「立派な山留になりたいのなら、銅山のことは一から十まで知ってないといかんし、『泉屋』の偉いさんと渡り合う知識と度量も要《い》るのやで……まあ、物は試しやから、一度、新居浜浦まで行ってみなさい」

　息子の背中を押すように、おときは言った。淋しくなるのは分かっている。だが、おときも商家の娘である。世の中を知って山師になるのと、そうでないのとでは人生が変わると思っていた。

「俺は……母ちゃんが心配でよ……」

「おやまあ。ありがたいけれど、そろそろ親離れ子離れをしないとね」

　まるで追い出されるかのように、長太郎は新居浜浦まで旅に出た。旅というほどのものではない。仲持など重い荷を背負って、早ければ一日で往復する者もいる。

　国領川の渓流の音を聞きながら、ついでだから粗銅の入った〝おいこ〟を背に、他の仲持たちと山道を下った。

　風の匂いも土の匂いも違うと、長太郎は感じていた。

　山根の角野村に来たときには、視野がパッと広がって、陽射しも明るい気がした。

丁度、稲穂が青々と広がっており、道沿いには松の木や栗の木、柿の木などが無造作に立ち並び、心地よく揺れていた。

振り返ると、目の前に山が聳えており、少し霞《かす》んでいるから、遥か遠くの峰は見ることが叶わなかった。

道々、長太郎は、母親から昔話を聞かされていたことを思い出していた。おときは、備中から嫁に来たから、別子に伝わる伝説などを、村の古老によく聞いていたらしい。それを、幼い長太郎に面白おかしく、噛み砕いて話していたのだ。

娯楽といえば、それくらいだった。極々たまに、浄瑠璃語りなどが来たことはあったが、旅芸人が来るにしても山が深過ぎた。ゆえに、老人や老婆と囲炉裏を囲んで、昔話を聞くのが子供らの楽しみでもあった。

平家の落人の話、大野谷の天狗《てんぐ》の足跡の話、剣見さんの狼の話、血が流れ出た御神木の話、動かなくなった地蔵さんの話など、どれも子供にとっては不思議な物語だった。

中でも、遍路谷の霊水については、長太郎にはわくわくするものがあった。弘法大師が四国を巡錫《じゅんしゃく》していたとき、日浦を経て小足谷に向かう途中、老婆に水を求めたけれども、

「――この辺りには、水がないのです」

と一杯の水も飲ませることができなかった。すると弘法大師が金剛杖で岩に穴を開けて、大きな滝を作ったというのだ。村人たちは、遍路谷の弘法水と名付けて大切にしてきたのだが、今もコンコンと湧き出ている。

同じように、銅山からは黄金の鉱石が出てきて、村を豊かにしてくれた。弘法大師が金剛杖で清水を湧き出させたように、〝切上り長兵衛〟が銅を掘り出した。村人からは同様に感謝されていた。

「だから、おまえも弘法大師や父ちゃんのように、世の中の役に立つ人になるんだよ」

と、おときに繰り返し、言われていたのだ。

当時、村は全国で六万四千程あった。平均的な村の規模は、概ね戸数は六十で、人口は四百人だった。耕地面積は五十町前後で、村の石高は五百石くらいだったと言われている。それに比べれば、別子山村はわずか三十数石の貧しい村だった。日々の暮らしにも困っていたから、銅山が生まれたことは豊かさに繋がった。

新居浜浦もまた決して豊かではなかった。燧灘《ひうちなだ》に流れる国領川の河口西岸には、漁村が広がっていた。西条領内としては最大だったが、石高では平均的な村々に勝っていない。

ところが、別子銅山の口屋ができてから、浅瀬であった浜は船が停泊できるように湊として整備され、様々な物資の積み出しや荷揚げが盛んになった。それに伴い金銭も沢山、落ちるようになり、村も潤ったのである。

口屋とは、銅山入り口の事務所を意味する。新居浜浦の六左衛門の屋敷を借りて始まったものだが、今は湊の真ん前に立派な役場が建てられている。元締を始めとして銀方、荷物方、帳面方などの手代が詰める部屋や蔵が大きく占めており、大坂と別子銅山への物資輸送を担っていた。

湊に近づくにつれ、長太郎の鼻腔に潮の香りが強く感じられるようになった。

沖合には、大坂から来ている五百石もの大船から、五十石、三十石のものまで点在しているが、大抵は二百石前後の船が多かった。荷物の積み卸しの担い手は、銅山に出入りする米問屋や荷駄主、船主らが執り行っていた。その際に派生する〝浜手運上金〟などは、別子銅山が年に五十両、西条藩に支払っていた。新居浜浦は西条藩領地だからである。

そのようなことまでは、長太郎はまだ知らなかったが、石段で組まれた舟着場に接岸している数多くの船を眺めて、

「うわあ……こりゃ、凄いなあ……」

と感銘を受けた。

初めて見る外界であるうえに、山では決して目にすることのない景色だから、溜息が幾重にも重なった。

〝おいこ〞を下ろして、大きく背伸びをしたとき、

「長太郎だね。少し見ないうちに、随分と立派になった」

と後ろから声がかかった。振り返ると、そこには、鬢《びん》にほんの少し白いものが混じっている田向重右衛門が立っていた。

「これは、支配人様……」

もちろん、長太郎も覚えている。だが、もう三年ばかり会ってないだろうか。もっと大きな人かと思っていたが、掘子などの屈強な男衆と比べると、華奢にすら感じた。

「顔だちも凛として、お父さんに似てきましたな。ほんに、ええこっちゃ」

頼もしそうな目で微笑みかけると、長太郎も懐かしそうに笑顔を返した。

「いつもお世話になっております。でも、まさか支配人様が新居浜においでになるとは、思ってもみませんでした」

「おや、お母さんから、聞いてなかったのかい」

「え……？」

「沖にある大船で、一緒に大坂まで行くことになってるのや」

「俺がですか……」

「そんな驚くことないやないか。おまえさんは長兵衛さんの跡を継いで、いずれは山留になる。そのときは、『泉屋』との深い付き合いをせにゃならん。今のうちに挨拶しといた方がよろしい。おまえさんの勉学の助けにもなろうしな」

「そりゃ嬉しいことですが……なんや母ちゃんに、騙《だま》し討ちにあったみたいやなあ」

「あんまりな言い方や。まま、こっちへお入り」

重右衛門に招かれて、堅牢な蔵で囲まれた口屋に入ると、『泉屋』から出向いてきている番頭や手代らが、忙しそうに帳簿仕事をしていた。〝浜役所〟と呼ばれるだけのことはある。算盤を弾く音がバチバチと激しいのが、長太郎には珍しかった。銅山の勘場にもあまり入ったことがないからか、これまた別世界であった。

口屋は単なる商館としての機能だけではなく、松山藩や西条藩から来る役人の接待所でもあり、伊勢の御師をはじめ、諸国寺社から来る僧侶をもてなす所でもあった。

その代わり、御札などを受け取っていたのだ。

ゆえに、接待用の美味《おい》しい菓子もある。差し出された甘い饅頭《まんじゅう》を食べて、長太郎

は安堵したように、

「えろう美味しいですねえ。銅山のみんなにも食べさせてやりたいですわ」

「うむ。甘い物は疲れた体を癒すさかいな。今度、どっさり運んでおきまひょ……それより、長太郎。おまえに改めて、頼みたいことがあるのや」

「頼みたいこと？」

「ああ。お母さんのことや」

「へえ……なんですか」

「実はな……『泉屋』本店で働いたらどうかなと思うてるのや。ご主人も承知してはる。そろそろ、楽をさせてやりたいのや」

突然のことに、長太郎はどう答えてよいか分からなかった。おときは意外と頑固であるから、銅山に住み続けると言うに違いない。それは重右衛門も承知している。だが、砕女や仲持のような辛い仕事は年と共にきつくなってくる。

「そやから、おまえさんもこの先々は、掘子ではなく、『泉屋』の丁稚から始めたらどうかなと考えてるのや」

「──ああ、それで俺を大坂に……」

長太郎は曖昧に言葉を濁したが、心の中では、山留になる決心は揺らいではいない。

ただ、母親を冬の風雪や夏の暑さが厳しい銅山からは救い出したいという思いはあった。

「どや。おまえさんが大坂で奉公したら、おときさんも、ついてくると思うがな」

重右衛門の誘いはともかく、目の前の大きな船の群れを見ていると、海の向こうに渡ってみたい気になった。こうして、長太郎は日の丸を掲げた銅船に乗り込んで、風待ちや潮待ちを含め、十日程かかる航路を大坂に向かったのである。

四

天下の貨、七分は浪華にあり——と歌われるほど、大坂湊は栄えていた。古くから浪華津と呼ばれ、江戸幕府ができた後も、この国の経済の中心であった。

淀川が流れ込む大坂湾は、新居浜浦とは比べものにならないほど大小の船がひしめきあい、白波の海面が見えないほどであった。海沿いや市中を巡る川沿いの蔵の前には、無数の艀《はしけ》や茶船、上荷船などが往来しており、どこでも活気ある声が飛び交っていた。これらの川船は、『泉屋』も四十艘ほど所有して、〝住友の浜〟に直に着けていた。

大坂市中を縦横に走る曾根崎川、江戸堀、京町堀など何処からでも、聳え立つ大坂城天守を仰ぎ見ることができる。その偉容が、町人の活力を物語っているようにも感じられる。お侍を支えているのは、町人の財力に他ならない。

殊に淀川、堂島川、土佐堀川に囲まれた中之島一帯の繁華ぶりには、長太郎は度肝を抜かれた。四国の山奥から出てきた長太郎は、己が山猿としか思えなかった。

「そう卑下することはあらへん。この大坂が栄えてるのは別子の銅のお陰や」

案内役の重右衛門がポンと背中を叩いた。

「もちろん別子だけやない。米などの穀類を始め、材木や俵物、金銀、塩、木綿《もめん》から薬種、陶芸品から漆器まで、なんもかんもが諸国から集まってくる。そやさかい、天下の台所ちゅうけど、大坂が生んでるわけやない」

「大坂が生んでるわけやない？」

「そりゃそや。銅かて大坂で産出されるわけやない。別子銅山みたいな所から、ここ大坂に来るのやないか。大坂商人は、それらを商品として畿内はもとより、江戸や京に運び、儲けとる」

堂島に米会所ができるのは、八代将軍吉宗の時代になってのことだが、この周辺には諸大名の蔵屋敷がずらりと並んでいた。扱う年貢米は百万石を超えており、荷受問屋、仕入問屋、掛屋、両替商などが軒を並べ、水の都を彩るように架かる橋の上にも活気があった。

その商人の町とは少し雰囲気の違った長堀の鰻谷は、住友『泉屋』を中心とした銅吹屋が十数軒も並んでいた。ここで、別子銅山を始めとして、諸国から集められた粗銅の純度を上げて、長崎交易に使う棹銅にするのである。

本店では秩序正しく、支配人の下に、書翰《しょかん》筆役をはじめ、勝手方、台所役、所帯方、小払方、買物方、進物方、普請方など細かく役職が分かれており、しかも住み込みによって集団で暮らしていた。『泉屋』では、上下関係よりも、兄弟のような仲を大事にしていたからである。

ただ、吹所大工ら職人たちは、昼間だけ吹所にやってきて、手下らと一緒に吹床にて、棹銅に仕上げた。日当は米一斗に相当する六匁もあったから、かなりの高給だった。

熱気で暑くなる吹所で、長太郎は自分たちが掘り出して、粗銅に仕立てたものが、どう変わっていくのかを目の当たりにした。

吹所は文字通り、銅を吹く所だから火気を扱う。ぐらぐら煮立った銅汁を過《あやま》って、手足に掛けてしまう事故もたまにあった。その際は、すべて公儀に報告するとともに、

『泉屋』で治療などの面倒を見る。棹銅という公の仕事を請け負っているから、事細かなことも役所に伝えねばならず、職人たちとの賃金などの揉め事があっても最善を尽くさねばならなかった。

『泉屋』本店の立派な店舗と屋敷を見上げた長太郎は、自分が惨めになってしまうくらい圧倒された。大坂には、三千坪余りの大名蔵屋敷が幾つも軒を連ねているが、それらを凌駕《りょうが》するほどだった。

「よう来なさったな、長太郎どん」

親しみを込めて、当主の友芳は迎えてくれた。

帳場などの様子を案内した後で、立派な屛風や掛け軸のある奥座敷に招き入れてくれた。まだ掘子としても一人前ではないのに、下にも置かぬ対応に、長太郎は父親の偉大さを感じていた。

「遠慮することはありまへん。ささ……長兵衛さんは『泉屋』の恩人だす。ほんま別子には足を向けて寝られまへん」

「あの……」

まだ子供である長太郎は、緊張しながら友芳にキチンと向き合って、

「俺は銅山のことも、まだろくに分からんガキです。けど、父ちゃんの跡を継いで立

派な山留になりますけん、どうか本店への奉公はご勘弁下さい」

と言った。

母親のことをおもんぱかって、重右衛門が話をつけてくれることには、深く感謝している。だが、母親の気持ちも同じだろうと、長太郎は付け加えた。そして、何より生まれ育った銅山のことが大好きだと話した。

「なるほど……人づてに聞いたとおり、しっかりしてる子や。こういう子が、いずれ山留になってくれれば、私らは安心や」

「俺が生まれた年には大火災があって、その翌年には水害で大変じゃったと聞いとります。けど、俺はそういう人たちの犠牲があって、生きてられる。そう思うとりますけん、銅山で頑張りたいんです」

頭を下げた長太郎に、友芳は嬉しそうに微笑みかけながら、

「まだまだ遊びたい年頃やろが、銅山のことを思い、母を慕い、故郷の先々を考えてるとは、ほんまに偉いことや」

「とんでもありません……」

「私らこそ、おまえさんたちあっての『泉屋』やさかいな。精一杯やらせて貰うから、今後ともよろしゅう頼みます」

友芳が当主になったのも十五の頃。その時分のことを思い出したのか、目頭が熱くなって、思わず長太郎の手を握りしめた。

そのとき、「旦那さん、またですわ」と廊下に手代が来て控えた。

「どないした……」

「へえ。まだ二つくらいでしょうか……」

困った顔になった手代を見て、友芳はすぐにピンときて、

「何をためらっておるのや。早う、こっちへ連れて来なさい」

と答えて、手招きする仕草をした。

不思議そうに首を傾げる長太郎に、重右衛門の方が苦笑混じりで、

「捨て子ですわい……大坂にはなんでか捨て子が多てな。しかも、この『泉屋』の前にほてかされる。ときには生まれたての赤ん坊もおるしな」

「そうなんですか……」

「ああ。それでもまあ、訳の分からん所にほてまくるよりは、うちらのような所に置き去りにした方が、なんぼか安心やろ。せめてもの親心かいな」

番頭と一緒に来たのは、まだ桃割れの若い娘で、手にはよちよち歩きの子を連れていた。目のまん丸の男の子で、片言しか喋《しゃべ》ることができない。事情が分かろうはずも

なく、ただあどけない顔で、手を引いた娘にだけは懐《なつ》いているようだった。

「おしず……迷子かいな、捨て子か?」

重右衛門におしずと呼ばれた子は、えくぼが浮かぶ愛嬌《あいきょう》のある丸顔で、チョコンと初対面の長太郎に頭を下げてから、

「こんなものがあったから、置き去りにされたんやと思います」

と一枚の封書を重右衛門に渡した。幼子の帯に挟まれていたという。重右衛門はそれをまず友芳に見せると、

「――『泉屋』さんへ。この子の名は俊吉と申します。必ず迎えに参りますから、何《なに》卒《とぞ》宜しくお願い致します……か。ほんま、しゃあないなあ……」

我が身に起こったことは何事も「仕方がないな」と諦観したように言うのが、友芳の性癖であった。

江戸時代において、捨て子は町で世話をすることになっている。大概は町名主《ちょうなぬし》が預かり、養育費は町入用《ちょうにゅうよう》から出し、養父母を探す。しかし、『泉屋』では捨て子は預かって金も出し、大きくなるまで面倒を見たのだ。

「近くには、『大坂屋』さん、『平野屋』さん、『熊野屋』さん……なんぼでもお大家はあるのになあ。なんで、うちばかり……」

思わず重右衛門は愚痴をこぼしたが、もちろん本心ではない。特段、優れたことをしてるとは思っていない。商家として当然のことをしているだけだった。

——商家は世の中のためにある。

という考えで、『泉屋』は〝施行〟をしている。別子銅山の災害が繰り返し起こるように、人の世は地獄も同じで何があるか分からない。ゆえに、火事や飢饉、地震、流行病《はやりやまい》などで人々の暮らしが立ちゆかなくなったときは、率先して米や金と人を出すのだ。

捨て子の件ひとつからして、長太郎は『泉屋』の本質を垣間見た気がした。

それよりも、気になったのは、突然、目の前に現れたおしずのことだった。おしずの方もポッと頰《ほお》を赤らめていた。なんだかぎこちないふたりをみて、

「おや？　おまえたち、なんや、その照れ臭そうな顔は……」

と声をかけた。すると、おしずは幼子から手を放すと、

「いややわ、伯父さんたら……もう」

翻《ひるがえ》って廊下に飛び出していった。どうやら、船旅の間、ずっと考えていた重右衛門の思惑は当たったようだ。

「いやなに……おしずは姪《めい》っ子でな。もしかしたら、長太郎。おまえさんのような男

に惚れるかなあ。そしたら夫婦契りをしたらええなあ……なんて妄想してたのや」

「そ、そんな……」

「気性のええ子やで。もし先々、長太郎とおしずが一緒になれば、ご先祖様たちも大喜びや。そのまた子供が、後藤様の孫と縁があれば、〝三つ蜻蛉紋〟がひとつの家になるかもしれんしな。あははは」

長太郎は啞然《あぜん》と見ていたが、重右衛門も友芳も実に愉快そうに笑った。からかわれていると感じたのか、長太郎は少しムキになって腰を浮かすと、

「俺は銅のことを学びとうて、大坂まで来たんです。もっとキチンと銅吹所を見せて貰うて、棹銅のこととか交易のこととかも、色々と教えて下さい」

「はは。照れてますな。こういう初《うぶ》なところは、意外と父親似かもしれまへんなあ」

重右衛門は我が子の成長を楽しんでいるように、長太郎の姿を眺めていた。

五

数日かけて、長太郎は『泉屋』伝統の南蛮吹きを見学した。本家に隣接している吹所には、その熱気が伝わってくるほどであった。

長太郎が同乗してきた銅船から、上荷船によって運ばれてきた粗銅は、ここ長堀の銅吹所にて精錬され、棹銅にされていく。銅山内にも吹所があるが、やはり粗銅にするのと、さらに磨きをかけていく工程は、見るからに違いがあった。

昔ながらの南蛮吹きを、銅山の者でもどれほどの人が見たことがあるだろう。差配人のもとで、七十数人の吹大工、鞴《ふいご》を使う吹子差、補助の手代らが、顔を真っ赤にさせて精錬する姿は、長太郎たち掘子よりも過酷に見えた。

炭粉を練り合わせた炉に、炭を入れて燃やし、鞴で煽《あお》りながら火を強めて、銅を溶かすための坩堝から、型を取るための小吹模《こぶきかた》や湯床《ゆしょう》などがある。それぞれの場で熟練たちが、炎と戦う姿を目の当たりにして、長太郎は身震いした。

その傍らで、重右衛門は丁寧に話しかけた。

「炭ひとつかて、工程によって色々なこだわりがある。銅山でも職人らに聞いたかもしれんが、合吹きや棹吹きには日向《ひゅうが》の炭、南蛮吹きには、伊予や熊野のもの、灰吹きや小吹きには土佐の炭……というふうに、作業に相応しい炎の大きさや熱さ加減などを選ぶのや」

「へえ……ただガンガン焚いとるわけやないんですね」

「そらそうや。でないと、不純物を取って、良質の棹銅ができんさかいな。南蛮吹きでは、銀を分離させるための鉛も要るが、これは留粕《るかす》という銀を取り出したものから、また鉛を取って使うことができるのや」

「なるほど……使い廻しができるということですね」

「使い廻しちゅうたら言葉は悪いが、銅もそうなんやで。仕屑師《しくずし》とか汰物師《ゆりものし》という職人らが、いわば精錬してる間に出来る鉱滓から銅を集め、さらに剝吹屋《はげふきや》ちゅうのがいて、新たに銅を精錬するのや。それは、棹銅ではなくて、丁銅など国内用に使われるがな」

「凄いなあ……俺たちが掘ったあの岩の欠片が、こんなふうになるとは、なんとも面白いし、頼もしい感じがしますわ」

「ここで出来た銅は、すぐそこの堀川沿いにある蔵に入れて、大切に保管されておるのや。これが、この国を支えていると思うと、気持ちが昂ぶるやろ」

重右衛門自身も興奮気味に語るのを、長太郎は頷きながら見ていた。

この頃の、棹銅は八十万貫（約三千トン）ほどあり、国内用でも二十七万貫（約千トン）ほど作られていた。その三分の一以上を、別子銅山の銅鉱から生じていたわけだから、長太郎の驚きは只《ただ》ならぬものがあった。

むろん銅座の管理下にあったのだが、別子銅山があってこその銅製品であった。

「坑道を掘削し、排水などの対策を取りながら採掘し、選鉱して砕き、それを焼竈で蒸し焼きにし、鉑吹炉《はくぶきろ》で製錬して床尻銅を得て、真吹きで平銅にしてから、新居浜浦の口屋に運んで、さらに大坂に積み出し、長堀の銅吹所で合吹、南蛮吹き、灰吹きなど幾多の精錬工程を経て、そこから長崎に船で運び、保管して後オランダ商館に渡す……」

長太郎は呟くように繰り返した。母親が大勢の人々が関わっているのだということ、それが大変なことであることを、身をもって学ばそうとしたのだと、改めて感じ入った。

ちなみに、この年、宝永六年（一七〇九）には、奈良の大仏殿の完成による落慶供養が行われた。戦国時代に焼かれた大仏の修繕は、すでに元禄五年（一六九二）に終わり、開眼供養がされている。もちろん勘定奉行の荻原重秀は、諸藩に軍役として費用を拠出させており、別子の銅も大いに役立てられている。

「田向様……俺は、長崎にも行ってみとうなりました。異国に唯一繋がる湊は、さぞや凄いんでしょうね」

「そうやな。町そのものは、大坂の方が比べもんにならんほど大きいし、活気もある」

「へえ、そうなんですか」

「出島という限られた所でしか、異国人は住めないし、交易もそこで執り行われておる。相手も中国やオランダに限られておるからな。それでも、学ぶことは多い」

重右衛門は長崎店を出した折に出向いたし、荻原重秀が長崎巡視に行ったときも、『泉屋』当主の代理で同行した。浦五島町に、『泉屋』の出店もあったからだ。ここは出島まで歩いてすぐの海辺にあり、銅屋では同業者のものも預かっていた。

瀬戸内海を船で渡り、小倉からは長崎街道を豊前、筑前、肥前と西に向かい、長崎に着いた頃は丁度、〝くんち〟という祭りの最中だったという。この祭りは、竜踊りや鯨の潮吹き、太鼓山《こっこでしょ》など南蛮や中国の影響を受けているものだ。

大きな笠鉾《かさほこ》を先頭に、踊りや曳き物が練り歩き、奉納される。元々は、諏訪神社で始まった切支丹鎮圧の祭礼だったが、勇壮華麗なものだという。

その祭りの話を聞いて、長太郎はますます強い憧れを抱いたが、

「祭りなら大坂にもあるで」

と重右衛門は自慢げな顔になった。

「愛染さんと住吉さん、そして天神さんや……大坂三大祭りやな」

聖徳太子ゆかりの四天王寺支院・勝鬘院《しょうまんいん》の夏祭りが愛染まつり、住吉大社の例大

祭が住吉祭、大坂天満宮の祭礼が天神祭である。

中でも、天神祭は天暦五年（九五一）六月から始まったという古いものである。神鉾を流して、流れついた浜にて禊祓《みそぎはら》いをし、そのとき氏子たちが船を仕立てて奉迎したという。それ以来、どんどん船の数が増え、豊臣秀吉が天下を取った頃には〝船渡御〟と言われるようになった。

「笛の音とともに、堂島川に漕ぎ出す斎船の姿はなかなか風流があってええで」

前夜祭から始まって、長太郎は壮大な〝船渡御〟を見物した。人々の朗々たる声を聞いていると、別子銅山が開坑したときから祭られている、守護神の大山積《おおやまづみ》神社の大《おお》鉑祭《ばくさい》を思い出していた。

大鉑祭とは、一年間で最も質が良くて大きな鉱石を、斎戒沐浴した鉱夫たちが、大山積神社に担いで献上する祭りだ。

大鉑は八十貫以上あるものだ。それを御輿《みこし》のように担いで、荘重で威勢のよい〝大鉑の歌〟を唱えながら、長い石段を舁《か》き登る姿は山男らしく、力強かった。神輿を担ぐ人のことを舁《か》き夫《ふ》というが、後の新居浜太鼓台の原点である。鎌倉時代からの神事と村上水軍の祭りが合わさって、〝太鼓御輿〟となったのである。

「今ーの旦那ーさんーよ末代はーりゃヨエーヨエヨエヨエヨー……エーエー末ー代い

ー御座ーりゃ……鉑ウーにゃヨエーヨエヨエヨエヨー……エーエー歩がー増すウー人ーがー増すウ……ヨエヨエヨエヨー……」

毎年正月元日、大鉑祭は執り行われ、何十年何百年も続くことになるのだ。

大坂から別子銅山に帰って半年後――。

峰々はまた白い雪で覆われていた。雪の中、大鉑を舁き上げた鉱夫たちは、祝い酒を長太郎にも振る舞った。武士ならば元服を過ぎている。一人前の男として扱われることになった。

だが、掘子としては、まだまだ未熟である。自然の中で戦うには体ができていない。だが、大坂の町を見たことは良い勉学になった。母親のおときにも感謝していた。

雪がしんしん積もってくると、また厳しい越冬となる。しかし、大坂で粗銅を待っている職人たちのことを思うと、じっとはしておられぬ長太郎であった。それに加えて、大きな夢ができた。

「なんじゃ、それは。あ、もしかして、田向様の娅御さんを嫁に貰うことかいのう」

山留の治作がからかった。長太郎は半ば照れて笑ったが、それはもう夢ではなく、心に決めたことだと話した。

「ほうか。そりゃ、新春からめでたいことじゃ。だったら、大きな夢とはなんぞい」

「別子銅山の膝元にある新居浜を、大坂や長崎のようにすることじゃ」

「なんと……長太郎、酒に酔うとるか？」

　驚く治作に追随するように、掘子たちも愉快そうに笑った。だが、長太郎はいたって真剣な眼差しで、

「大坂に行ったときに、俺は思うたんじゃ。本家にあるような吹所が新居浜浦にありゃええ。そして、その棹銅を直に長崎まで、船で運べばええんじゃないかって」

「そりゃ無理じゃ。大坂の『泉屋』あっての銅や。それに大坂の銅座の刻印がなきゃ、棹銅とは認められんけんな」

「だったら、新居浜浦に銅座を作ればいい」

「それも、できんのう。口屋のある湊は、西条藩の領地じゃけんな。ご公儀の銅座を置くわけにはいかんじゃろ」

　治作にキッパリと言われたが、長太郎は納得できないと溜息をついて、

「――おかしな話じゃねえ……『泉屋』さんが銅吹所を新居浜浦に作ってくれりゃ、ええことじゃないか」

　と子供らしい素朴な疑念を抱いたのだ。むろん、様々な要因があるから一挙に新居浜浦に移行するのは難しい。しかし、この長太郎の考えは間違っていなかった。後の

世には、効率をよくするために、本格的な製錬所がこの地に建造されるからだ。

そして、大坂や長崎のような湊にしたいという思いも正しかった。これから百五十年後、もし新居浜浦が、函館や神戸のように開港されたのならば、また違った発展をしたかもしれぬ。むろん、長太郎の知る由もない。

だが、別子山のある四国の青い山々は見ていた。銅山の町が広がっていく姿を、新居浜の町が変わっていく様を――。

世情が移り変わり、自然災害も繰り返す。その中で、『泉屋』の当主も四代、五代、六代……と代わっていき、銅山の人々も親子孫と世代を繋いでいった。幾多の大変なこともあったが、銅山としてずっと生き延びた。

銅を採鉱し、製錬することの繰り返しで、町や人々は豊かになっていったのだ。それが永遠に続くと思われていた。

しかし、銅鉱もいつかは枯れる。それと同じように、『泉屋』を支えていた江戸幕府が傾く時勢になるとは、誰も思っていなかった。別子銅山の危機は、鉱脈が尽きるよりも遥か前に、訪れることになるのである。

幕末はまさに最大の危難の時であった。


〈下巻へ続く〉

参考資料

『別子銅山』合田正良・新居浜観光協会
『住友の歴史　上下巻』・朝尾直弘監修・住友史料館編集（上巻二〇一三年八月・下巻二〇一四年八月・思文閣出版）
『新居浜市史』新居浜市史編纂委員会
『別子山村史』別子山村史編纂委員会
『新居浜太鼓台』新居浜市立図書館
『世界とつながる別子銅山』新居浜市広瀬歴史記念館
『広瀬宰平小伝』末岡照啓・新居浜市広瀬歴史記念館
『伊庭貞剛小伝』末岡照啓・新居浜市広瀬歴史記念館
『鈴木馬左也』小倉正恆・鈴木馬左也翁伝記編纂会
『すみとも風土記　銅が来た道』佐々木幹郎・普後均写真（二〇〇一年三月・ＮＴＴ出版）
『海外貿易から読む戦国時代』武光誠（二〇〇四年三月・ＰＨＰ新書）

『天下統一　信長と秀吉が成し遂げた「革命」』藤田達生（二〇一四年四月・中公新書）
『勘定奉行荻原重秀の生涯　新井白石が嫉妬した天才経済官僚』村井淳志（二〇〇七年三月・集英社新書）
『通貨の日本史　無文銀銭・富本銭から電子マネーまで』高木久史（二〇一六年八月・中公新書）
『銀の世界史』祝田秀全（二〇一六年九月・ちくま新書）
『半生物語』広瀬宰平・住友修史室
『幕末「住友」参謀　広瀬宰平』佐藤雅美（二〇〇三年十一月・学陽書房）
『お金から見た幕末維新　財政破綻と円の誕生』渡辺房男（二〇一〇年十一月・祥伝社新書）
『住友の元勲』咲村観（一九八四年十二月・講談社）
『図説明治の企業家』宮本又郎編（二〇一二年八月・河出書房新社）
『「住友城下町」混沌　別子銅山300年の宴のあと』結城三郎（一九九一年一月・ダイヤモンド社）
『「明治期」の別子そして住友　近代企業家の理念と行動』藤本鐵雄（一九九三年六

月・御茶の水書房）
『大坂　摂津・河内・和泉　街道の日本史33』今井修平・村田路人編（二〇〇六年七月・吉川弘文館）
『播州と山陽道　街道の日本史39』三浦俊明・馬田綾子編（二〇〇一年十月・吉川弘文館）
『吉備と山陽道　街道の日本史40』土井作治・定兼学（二〇〇四年十月・吉川弘文館）

この作品は2017年5月徳間書店より刊行された単行本を分冊、加筆修正いたしました。

徳間文庫

別《べっ》子《し》太《たい》平《へい》記《き》上

愛媛新居浜別子銅山物語

2020年9月15日 初刷

著者 井《い》川《かわ》香《こう》四《し》郎《ろう》
発行者 小宮英行
発行所 株式会社徳間書店
東京都品川区上大崎三—一—一 〒141—8202
目黒セントラルスクエア
電話 編集〇三(五四〇三)四三四九
販売〇四九(二九三)五五二一
振替 〇〇一四〇—〇—四四三九二
印刷 製本 大日本印刷株式会社

ISBN978-4-19-894585-5 (乱丁、落丁本はお取りかえいたします)

徳間文庫の好評既刊

井川香四郎

もんなか紋三捕物帳

書下し

湯島《ゆしま》天神《てんじん》下に住む桶師《おけし》の鬼三郎《きさぶろう》には、法で裁けない奴らを懲《こ》らしめている裏の顔がある。ある日、訪ねてきた旗本から、素行の悪い男を葬《ほうむ》ってほしいと頼まれた。しかし相手は、南町奉行の大岡《おおおか》越前守《えちぜんのかみ》に朱房の十手《じって》を与えられた岡っ引の紋三《もんぞう》。十八人の子分を持ち、大江戸八百八町のあちこちで、悪い奴らをとっ捕まえようと目を光らせている。総じて評判の良い男だった。各社合同企画、スタート！